Gabi Schnee

Einfallspinsel auf Achse

Mein 1. Schultag

Nein, das glaube ich jetzt nicht, ein Blick
in den Spiegel und der Tag beginnt
schon mit Defiziten. Es reicht nicht, dass
mich mein Wecker in göttlicher

Morgenstunde aus dem Bett geworfen hat. Nein, es zieht sich auch noch ein riesen Abdruck meines Kopfkissens über mein ganzes Gesicht. Ohne noch einen Blick in den Spiegel zu verschwenden, absolviere ich dann doch mit Erfolg meine Morgentoilette und koche mir anschließend einen starken Kaffee, um munter zu werden. Dann werden noch ein paar Renovierungs- und Stuckarbeiten in meinem Gesicht vorgenommen und es stellt sich langsam aber sicher nicht gerade ein Erfolg, aber zumindest etwas Zufriedenheit ein. Anschließend eine kurze Überlegung: Fahre oder gehe ich jetzt zur Arbeit? Die faule Seite meines Verstandes hat wieder gesiegt! Sie nimmt bestimmt den größeren Platz in mir ein. Natürlich fahre ich! Auf Arbeit angekommen stellt meine Kollegin mit nur einem Berührungsblick fest, dass ich heute sehr schlecht aussehe. Mein Körper verliert keine Zeit, von einer Sekunde auf die andere geht es mir schlecht. Eine ruckartige Stimmungsschwankung macht sich in mir breit und ich frage mich, wo sie denn noch hin will und wann sie mich wieder verlässt. Dann fiel mir ein, dass ich heute noch meinen ersten Schultag habe. Jetzt staunt ihr was? Nun, ich habe mir vorgenommen, Motorrad fahren zu lernen. Da ich aber ü 50 bin, nehme ich mir meine Freundin zur Verstärkung mit, denn so sind wir Ü100 und das gibt uns Kraft.

Der Arbeitstag ist gefühlsmäßig schnell vergangen. Meine Freundin holt mich gleich ab und wir traben gemeinsam zur Fahrschule. Dort werden wir herzlich begrüßt und betreten anschließend einen kleinen, schönen Schulraum. Wir stellen uns alle vor.

Zusammen sind wir nur vier Personen und das macht es sehr einfach. Die Zeit vergeht schnell. Heute sollen wir uns einfach kennen lernen und die Richtlinien für die weiteren Schulstunden erfahren. Es ist sehr schön und sehr persönlich. Meine Freundin und ich stellen fest, dass wir uns jetzt schon auf das nächste Mal freuen. Sogleich

haben wir einen zeitnahen Termin abgesprochen.
Glücklich schlendern wir nun nach Hause. Ich öffne die Wohnungstür, mein Mann schaut mich an und sagt: „Du brauchst nichts zu sagen, es war vermutlich sehr schön." Ich staune und denke mir, dass mein Grinsen bestimmt rundum stattfindet. Dennoch frage ich: "Du genau was?" Da antwortet er doch prompt: „Ja, aber nur vom Sehen." Naja, frech werden ist im Alter wohl auch noch steigerungsfähig. Dennoch hat er brav den Küchentisch gedeckt, Kaffee gekocht und mich verwöhnt. Wir haben bestimmt zwei Stunden geschwatzt. Gut, ich verbessere mich, geredet hab nur ich und nun hat er Ermüdungserscheinungen, komisch.
Durch die ganze Aufregung und Freude über unseren ersten richtigen Schultag ist die Woche dann doch schnell vergangen und die erste theoretische Stunde steht vor der Tür. Ich komme mir vor wie im Kindergarten. Aufregung pur, Brottasche um und los. Schon kommt mir meine Freundin entgegen. Ich schaue sie an und

es stellt sich sofort spürbar innere Ruhe ein. Es geht mir also nicht alleine so. Auch sie ist sehr aufgeregt, so dass uns unsere Körper eine gratis Gesichtstönung in rot spenden. Super! Rouge ade. Es sind wieder die gleichen Leute da. Schön, zwei ü 50 und zwei u 30. Es muss wohl kaum erwähnt werden, dass wir über 50 Jahre alt sind und die anderen nicht mal 30. Unser Lehrer betritt den Raum und begrüßt uns herzlich. Dann bietet er allen das Du an. Er ist der Meinung, dass es somit persönlicher und leichter für alle ist. Schon geht es los. Wir werden geprüft, in wie weit wir uns schon im Straßenverkehr auskennen. Ich war mir meines Wissens ziemlich sicher. Doch musste ich leider feststellen, dass viele meiner Antworten wider Erwarten falsch waren.

Sofort schloss sich meine große Klappe, welche ich mir doch gerade erst mühevoll angewöhnt hatte. Was ist nur mit ihr, ohne sie bin ich doch aufgeschmissen, sie ist doch mein sogenannter Schutzmantel?!

Nun noch ein paar Fragen zum Motorrad und dann zeigt er uns ein Bild. Ich sehe einen Motorradfahrer in einem Lichtkegel auf der Autobahn. Rundum Nebel und starker Regen. Er fragt uns „Na, was haben wir denn hier?" Ich melde mich wie toll. Er sagt „"Ja bitte Gabi." Ich antworte grinsend: „Na, ich würde sagen - Mistwetter". Alles krümmt sich vor Lachen. Er zog es dann lieber vor, die Fahrschule für diesen Tag zu beenden. Schade, habe nicht erwartet, so schnell wieder zu Hause zu sein. Naja, macht ja nichts. Zu Hause angekommen, werfe ich einen Blick auf die Uhr. Oh schnell Kaffee kochen, denn mein Mann kommt gleich von der Arbeit. Die Kaffeemaschine brummt, ein herrliches Geräusch. Mir steigt der Kaffeeduft in die Nase. Super! Dann höre ich das Türschloss knacken und rufe: „Mein Haseputz, bist du das?" Zurück kommt ein knappes „Ja." Na gut, wer sollte es auch sonst sein. Wir trinken gemeinsam Kaffee und erzählen noch ein wenig.

Dann kommt der beste Vorschlag des heutigen Tages auch noch von meinem Mann: „Jetzt machen wir mal eine Runde Nichts." Das habe ich sofort verstanden und für mich realisiert. Ist es doch etwas, was ich am besten kann, nichts tun. Plumps, so schnell lagen wir noch nie auf unserer Sitzkuhle. Jetzt noch Musik an und es geht uns richtig gut.

Fahrbeginn

Ein paar Tage sind vergangen und heute habe ich wieder Schule. Ich freu mich schon! Mit meinem Auto fahre ich zur Fahrschule und da ich nicht gut einparken kann, stehe ich selbstverständlich wieder einen Meter von der Bordsteinkannte entfernt. Na ja, das hat den Vorteil, dass ich in aller Ruhe in der Gosse meine Motorradstiefel anziehen kann, ohne jemanden zu stören. Mein Fahrlehrer kommt um die Ecke und staunt nicht schlecht, als er meine Parkkünste entdeckt. Ich frage schnell was es gibt und ob er nichts zu tun hat. Er sagt: „Wir werden heute gemeinsam in Richtung Halberstadt fahren." Auweia, jetzt hat er mich erwischt! Ich soll doch tatsächlich mit dem Motorrad den Hof verlassen und richtig auf die Straße hinaus, au Backe. Plötzlich stockt mir der Atem. Ich werde doch wohl nicht ersticken? Nach ein paar Schrecksekunden atme ich doch wieder Luft ein. Puh, noch mal Glück gehabt. Vor Beginn der Fahrt gehen wir noch einmal alle wichtigen Fragen zum Motorrad durch. So, dann, aufsteigen und los. Er: „An der nächsten Kreuzung bitte nach links abbiegen." Ich blinke und biege links ab. Denke noch, top Gabi. Dann kommt die Frage: „Was für eine Straße haben wir eben verlassen?" Dumme Frage, das war die Oststraße. Schon klingeln mir die Ohren und es ertönt eine mir bekannte Stimme: „Das war eine Einbahnstraße und wo ordnen wir uns ein, wenn wir links abbiegen?" Ja, jetzt fällt es mir auch ein. Man muss sich links einordnen. Na ja, so hatten wir eben beide Platz, er links und ich rechts. „Jetzt bitte die Geschwindigkeit anpassen, wir wollen Motorrad fahren und nicht wandern." Schon drehe ich auf. Es ist sehr windig. Ich habe das Gefühl, dass mir die Backen wackeln. Entschuldigung, ich meine natürlich die Wangen. Dann sagt die Stimme: „An der nächsten Kreuzung bitte nochmals links abbiegen." Oh, kein Auto und ich drücke auf die Tube und biege links ab. Erwarte jetzt glatt ein "Gut Gabi." Jedoch kommt nur: „Soeben hast du ein Stoppschild überfahren und wir wären mal wieder durch die Prüfung gefallen." Für einen Moment war er mir unsympathisch. Ich denke nur: „Man gut, dass wenigstens

einer das Schild gesehen hat!" Das ist doch auch schon mal was. „An der nächsten
Abbiegung rechts bitte." Das mache ich doch glatt. „So, jetzt Stopp!" Mal sehen, wie es weiter geht. Mein Fahrlehrer hält an, steigt aus und nun kommt es. Er sieht mich strafend an und sagt: „Wir haben ein Stoppschild überfahren, was sagt uns das?" Meine Antwort kommt prompt: „Überfahren ja. Aber bei "wir" war ich nicht dabei." Oh das war frech! Das sehe sogar ich ein. Er sagt: „Ich stelle jetzt die Kegel auf und wir üben die Slalomfahrt, die Notbremsung mit Ausweichen bei Gefahr und bitte den Schulterblick nicht vergessen!" Da war es wieder, das unbeliebte Wort „Schulterblick". Ich rücke mir den Helm zurecht, lege den 1. Gang ein und fahre los. Cool! Slalom geschafft. Mein Lehrer fragt mich: „Mit wie viel km/h bist du denn um die Kegel herumgefahren?" Sofort meine Antwort: „ Na mit 54" Mein Fahrlehrer guckt mich verdutzt an. „Das sah mir aber nicht so aus". „Doch", sage ich, „denn ich bin so alt". Er schaut grinsend zum

Himmel und ich denke: „Ob er wohl Hilfe sucht?"
Dann üben wir noch bei Tempo 50 die Bremsung bei Gefahr. Ja, auch die hat gut geklappt. Bin froh und denke, dass ich ihm heute zeigen konnte, dass auch Frauen ü 50 Motorräder fahren können. Kaum war der Gedanke zu Ende gedacht, ist es auch schon wieder vorbei mit der Kunst. Ich lege mich in die Kurve und baue doch glatt einen Umfall. Jupp, das ist das richtige Wort, denn ich falle in Zeitlupe. Der Hebel für die Kupplung bricht ab und ich lasse ihn wortlos in meiner Tasche verschwinden. Das Gesicht meines Fahrlehrers sieht dann auch nicht mehr so toll aus. Er geht zum Auto und setzt sich rein. Was nun? Ich gehe ebenfalls zum Auto und sage: „Guten Tag. Ist der Platz neben Ihnen noch frei?" Und er brummt: „Ja." Ich: „Na dann würde ich mal drüber nachdenken." Schnell bewege ich mich einen Schritt zurück und beobachte ihn. Sein Lächeln ist nicht zu übersehen. Danke. Jetzt hat er doch der älteren Generation verziehen. Er ruft seinen

Vater an, der soll uns mit dem Auto abholen. Ich schlage vor, die nächste Fahrstunde gleich mit Auto und Hänger einzutakten. Aber das findet er dann nicht so lustig wie ich.

Ja, er hat es nicht einfach mit mir. Die Hilfe kommt, wir laden das Motorrad auf und fahren los. Es herrscht betretenes Schweigen. Natürlich muss ich es sofort brechen und frage: „Kennste den schon? Ich wollte heute Sport machen. Jetzt ist es aber so, dass mir ein Haar ausgefallen ist. Das ist mir jetzt doch zu heikel. Gesundheit geht vor!" Ich kugle mich vor Lachen. Bin aber auch die Einzige, komisch.

Wir sind angekommen und laden gemeinsam das Motorrad ab. Nun habe ich ein paar Tage Land, denn es muss erst eine neue Kupplung bestellt werden. Vorsichtig drücke ich meinen Fahrlehrer und flüstere ihm ins Ohr: „Nimm das Leben nicht so ernst, Du kommst da eh nicht lebend raus." Wie wahr. Er zwinkert mir zu, wir verabschieden uns und legen jetzt gezwungenermaßen eine größere Pause ein.

Ausflug

Die Woche ist um und wir planen einen Ausflug, bevor die Arbeit und auch mein Fahrlehrer mich wiederhaben.
Wir sind sehr sportlich. Man nimmt nicht ab von diesem Sport, aber er tut uns gut. Es ist das Wandern. Okay, es ist Wasserwandern. Wir fahren nach Plaue, bei Brandenburg. Dort ist unser Hafen und wir fühlen uns da sehr wohl. Nun nehmen wir euch mit auf unsere Tour.
Sachen packen geht schnell. Mein Mann braucht wie immer nichts und ich darf nur ein paar Schuhe mitnehmen. Toll! Da vergesse ich doch glatt, dass ich eine Frau bin und eigentlich einen Koffer sowie ein Schuhregal benötigte.
Gegen 18 Uhr erreichen wir Plaue, unser Boot wartet schon auf uns. Wir trinken ein Anlegebier und verabreden uns mit unserem Hafenmeister für morgen.
Ich wache auf, ein Blick aus dem Fenster, juchu die Sonne scheint. Nun schnell das Frühstück vorbereiten. Na da schau her, der Hafenmeister ist auch

schon ran. Erstaunt sagt er: „Ihr habt euch ja eine Krähe auf euren Bootsmast gesetzt". Ich berichte ihm stolz, dass mir gesagt wurde, solche Krähen halten andere Vögel vom Boot fern und somit entstehen keine Verschmutzungen an der Persenning. Darauf der Hafenmeister: „Das hättest Du Dir sparen können. Sonst hat es doch auch gereicht, wenn Du aus dem Fenster guckst". Na das war´s ja mal wieder. Ich überlege gerade wie ich diesen Typ über Bord befördern kann. Dann legen wir ab. Unser Ziel ist der Wusterwitzer See.

Wir fahren unter einer alten ehrwürdigen Brücke durch und am Schloss von Plaue vorbei. Es ist ein sehr schönes Anwesen. Leider bedarf es einer dringenden Sanierung.

Jetzt fahren wir über den Plauer See zum großen Wendsee. Ich hätte mal nie gedacht, dass die Seen so groß sind und es hier so viel Wasser gibt. Bin am Staunen. Dann tuckern wir weiter zum Wusterwitzer See. Unmerklich fällt mir die Kinnlade herunter. „Ist das schön hier!" höre ich mich wundern. Ein See

umgeben von einer weichen
Hügellandschaft, Idylle pur.

Wir ankern. Es ist unerträglich warm.
Ich gehe baden. Nach einer Weile fällt
mir unser Schlauchboot ein. Juchu, ich
möchte Schlauchboot fahren. Mein
Mann dreht sich um, stiert ganz
gebannt in die Ferne und zeigt plötzlich
ganz unerwartet keine Reaktion mehr. Er
will sich vor dem Aufblasen des Bootes
drücken. Das fällt aber aus. Ich denke
„so nicht, Schatz!" und bitte ihn mit

einem riesigen Augenaufschlag um Hilfe.

Bitte, bitte blase mir mein Boot auf. Er hilft mir. Ist eben doch ein Schatz. Und ab geht es, die Badeleiter runter und plumps falle ich in das Schlauchboot. Das war sehr unspektakulär und sah mindestens doof aus. Was ist denn jetzt los? Mein Mann klappt die Leiter hoch und grinst dem Hafenmeister zu. Dann kommt uns ein Boot entgegen, der Hafenmeister ruft: „Könnt ihr die mitnehmen, wir verkaufen die!" und zeigt doch tatsächlich auf mich. Jetzt realisiere ich, dass er mich meint. Heimlich übe ich Würgegriffe. Der Mann auf dem Boot ruft zurück „Aber ihr habt doch nur die Eine." Der

Hafenmeister „Na darum ja." Der Mann lacht laut und fährt weiter. Jetzt muss auch der Hafenmeister erkennen, dass er sich verrechnet hat. Vermutlich hätte er noch was drauflegen müssen, um sich meiner zu entledigen. Mein Mann hat Erbarmen, lässt die Leiter herunter und ich gehe an Bord. Pöh, den Maestro auf den billigen Plätzen im Boot nebenan beachte ich nicht mehr, so. Kleinlaut ertönt eine Stimme: „Darf ich euch zu einem Kaffee einladen?" Ich nehme mir Bedenkzeit und stimme dann doch von oben herab zu. Wir schmeißen unsere Boote an und fahren los. Über die Seen zurück die Havel abwärts. Unser Ziel ist die Gaststätte "Restaurant am Nussbaum". Schön, ich freue mich, bin gern dort! Man sitzt sehr angenehm und kann toll essen. Wir steuern auf den Anleger zu. Ich springe auf den Steg und mache unser Boot fest. Auch den Hafenmeister nehme ich in Empfang, bin ja nicht so. Wir gehen über einen gepflegten Campingplatz zum Gasthaus. Glück gehabt, wir ergattern noch einen schönen Platz unter einem Nussbaum.

Ich sehe mich um und entdecke junge Straußenvögel. Die sind ja wirklich süß, wenn sie noch klein sind. Wir erhalten die Speisekarte und ich kann darauf dieselben als Mahlzeit finden. Neben mir ist eine Vogelvoliere. Ich schaue mir die Vögel an und versuche auch diese auf der Speisekarte zu entdecken. Nein, so ein Gedanke, wir befinden uns in einem sehr guten Restaurant. Die Kellnerin kommt und fragt: „Haben Sie schon gewählt?
Wir haben heute Seezunge im Angebot." Darauf frage ich spontan: „Wie lang ist die denn?" Die Kellnerin sieht mich verblüfft an und ihr Blick wandert zum Nachbartisch. Dort hatte sich jemand dieses Gericht bestellt. Nun kommt meine Frage: "Ob man da mal kosten kann?" Jetzt muss auch die Kellnerin lachen. Tatsächlich meldet sich jetzt auch noch der Hafenmeister zu Wort, zeigt auf mich und sagt zu der Kellnerin: „Mit dieser Frau kann man nur zweimal weg ehen, einmal zum Blamieren und einmal zum Entschuldigen." Jetzt verschlägt es mir die Sprache und das

will schon was heißen. Ich nehme mir
einen Löffel und klatsche damit über den
Tisch. Gut getroffen, das hat gesessen!
Jetzt guckt auch der Maestro verblüfft.
Geschieht ihm recht. Wir bestellen uns
nun doch nur einen kleinen Eisbecher
und dazu eine Tasse Kaffee. Oberlecker!

Der Wirt erzählt uns, dass er einen
Hofladen eröffnet hat. Das Motto: Alles
dreht sich um den Strauß. Super, das
macht uns jetzt aber wirklich neugierig.
Nun genießen wir erst einmal unser Eis
und die gute Tasse Kaffee. Wir rufen
dann die Kellnerin und bezahlen. Auf
zum Hofladen! Es erstaunt mich, was es
hier alles gibt. Aus leeren Straußeneiern

wurden schicke Vasen und sogar ein Globus gefertigt. Ebenso gibt es hier Ketten, Anhänger und Ringe. Das Motiv ist ja bekannt. Wurst, Fleisch und vieles mehr kann man kaufen. Ich suche mir eine witzige Kette aus und ohne meinen Mann zu beachten, kaufe ich sie mir. Es erreicht mich eine wohl bekannte Stimme aus dem Hintergrund mit den Worten: „**Muss man haben**." Ja, ich glaube, da fehlt es den Männern an Fantasie, was und wozu wohl eine Kette so da ist. Ich jedenfalls bin jetzt zufrieden. Die Männer kaufen noch so etwas Banales wie Straußensteak. Wenn sie mich dann auch zu diesem Essen einladen, erhalten sie natürlich mein okay. Nun gehen wir zurück zum Boot. Wir haben uns überlegt, auf die andere Seite der Havel zu fahren und dort zu ankern. Gesagt, getan. Wir fahren an den Schilfgürtel und werfen den Anker. Ein tolles Plätzchen, hier werden wir auch einen schönen Sonnenuntergang haben. Nun kommen wir zum gemütlichen Teil. Der Hafenmeister öffnet sich ein Bierchen und sonnt sich. Mein Mann und ich lümmeln uns auf der Plicht rum und lauschen der Musik. Plötzlich höre ich ein merkwürdiges Geräusch. Das Tuckern kommt auf uns zu. Ich schnelle hoch, juchu da kommt unser Freund Kalli. Wir ziehen sein Boot ran und befestigen es an unserem. Er zieht eine Flasche Rotwein aus einem Körbchen und fragt: „Gabili, hast du Eiswürfel in deinem Gefrierfach?" Ich erwidere: „Nein Kalli, leider nicht". Er: „Hast wohl das Rezept dafür vergessen?" Ringsum Gelächter. Das hat mir wirklich noch gefehlt. Sogar der Hafenmeister ist wieder munter und kugelt sich vor Lachen. Ich hole mir mein Rätselbuch und ignoriere den Rest der Welt. Es dämmert der Abend und ich gucke, was die anderen so treiben. Der Hafenmeister schnippelt gerade einen Salat zusammen und Kalli zieht ein paar Baguettes aus der Tasche. Ja, endlich kommt mein Auftritt! Ich hole zwei Büchsen Soljanka aus dem Kühlschrank, zack, offen und ab in den Topf. Fertig. Jetzt lade ich ganz großzügig zum Essen ein. Es ist einfach zu schön, wenn wir gemeinsam Abendbrot essen und die Geselligkeit genießen. Meine Frage: „Wer möchte gern abwaschen?" Keine Reaktion. Plötzlich verschwinden die Männer auf Kallis Boot und ignorieren mich erfolgreich. Na toll. Dass sie nicht *gern* abwaschen verstehe ich, aber einer hätte es wenigstens *un*gern tun sollen. Ich stelle mich dieser niederen Tätigkeit und übertreibe es sogar noch, denn ich trockne auch noch ab. Dann stelle ich ein Bier auf den Tisch und ganz plötzlich und unerwartet bin ich nicht mehr allein. Mein Freund Kalli fragt, wie weit ich mit meiner Fahrschule bin. Dachte schon mich fragt gar keiner mehr. Ich erzähle, dass ich schon ganz gut fahren kann. Erwähne natürlich nicht meinen Umfall. „Die theoretische Prüfung habe ich mit null Fehlern bestanden", setze ich noch stolz drauf. Kalli fragt, ob ich schon ein Motorrad habe und ich antworte mit ja. „Hat dein Motorrad einen Klapplenker?" Ich schaue ihn fragend an und antwortete: „Nein, warum?"

Er: „Na, Blondinen brauchen Kopffreiheit." So ein blödes Grinsen habe ich lange nicht gesehen. Mein Mann und der Maestro biegen sich vor Lachen, jetzt werden die auch noch komisch! Dann aber machen wir uns noch einen schönen Abend und hören Musik. So gegen 23.00 Uhr geht es per Kopfsprung in unsere Kojen.
Die Sonne geht auf, wir zwei haben sehr gut geschlafen. Plötzlich höre ich ein Geräusch. Es klappert Geschirr. Natürlich, das ist der Hafenmeister und kocht sich einen Vorkaffee. So nennt er das. Wenn wir dann gemeinsam frühstücken, gibt es den Hauptkaffee. Wir quälen uns aus der Koje, denn wir sind keine Frühaufsteher. Nanu, alle schauen mich so
komisch an. Der erste Blick in den Spiegel verrät mir auch warum. Ich habe mal wieder die morgendliche Traumfrisur. Egal, ein Sprung ins Wasser und die Welt sieht ganz anders aus. Jetzt frühstücken wir gemeinsam und genießen den Hauptkaffee. Mein Mann und ich haben uns vorgenommen, nach

dem Frühstück zurück zum Hafen zu fahren. Gesagt, getan. Wir verabschieden uns von den beiden, legen ab und fahren los. Im Hafen angekommen machen wir unser Boot fest und ab zum Auto. Circa zwei Stunden brauchen wir für die Heimfahrt. Unterwegs taumeln wir in der Erinnerung und stellen fest, dass es eine super Tour war und wir viel Spaß hatten. Dafür bin ich sehr dankbar. Zu Hause angekommen, planen wir den Rest des Tages. In der Ruhe liegt die Kraft. Das sagt uns, ein Sprung auf die Sitzkuhle und schöne Musik. Wir haben mal wieder eine sehr gute Wahl getroffen. So kann man den Tag wirklich gut verbringen. Der Abend dämmert, mein Mann will uns ein Spiegelei brutzeln. Das ist eine sehr gute Idee, töne ich. Noch besser ist, dass ich es nicht machen muss. Ach, was geht es mir gut. Der Abwasch ist auch geklärt, den übernimmt die Maschine. Nach dem Essen landen wir wieder auf der Kuhle bevor wir dann zur geliebten Nachtruhe übergehen. Der nächste Tag kommt bestimmt.

Gabi hat aua weh

Mein Wecker klingelt, per Handkantenschlag macht er einen rasanten Abflug. Das gibt es doch nicht, der lärmt auch auf dem Boden noch weiter. Ich springe aus dem Bett und mit einem gezielten Tritt würge ich ihm den letzten Ton ab. Bin stolz auf mich, habe es doch tatsächlich aus dem Bett geschafft. Ich schlürfe ins Bad und traue meinen Augen nicht.

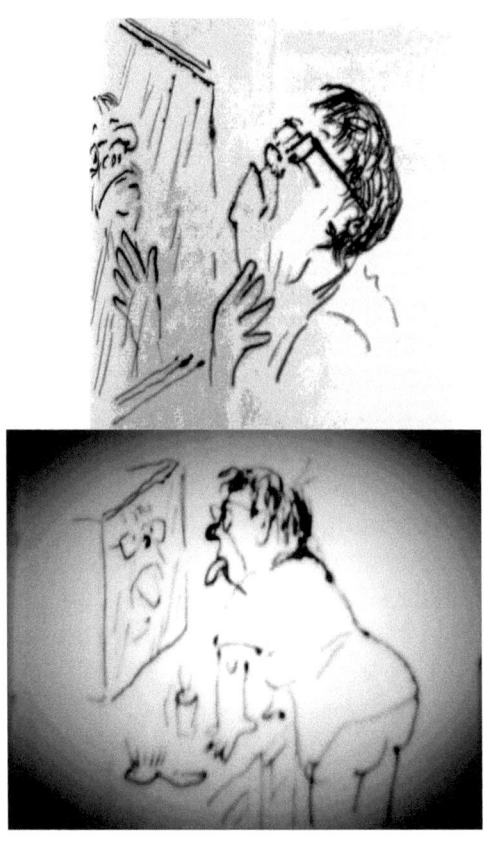

Die da im Spiegel hat ein Ei auf dem Kragen. Ich schaue mich sicherheitshalber noch einmal um. Nein, ich bin allein und muss mich damit

abfinden, dass das Ungesicht dort im Spiegel doch mir gehört. Die linke Wange ist stark angeschwollen und hängt wie ein dickes Ei nach unten. Da hat die Gravitation mal wieder Erfolg gehabt. Einen Vorteil hat das, die linke Seite ist faltenfrei. Die rechte Seite, na eben ü 50. Waschen, Zähne putzen und Kaffee trinken, das ist jetzt alles eins. Jetzt kommt für mich ein schwerer Gang, der Gang zum Zahnarzt. Er ist der Einzige, dem ich dieses Gesicht antuen kann.
In der Praxis angekommen werde ich auch sofort aufgerufen und setze mich ganz kleinlaut auf den Stuhl. Nun fragt der Arzt: „Haben sie Schmerzen? Ihre Wange ist ja sehr angeschwollen. Das müssen wir erst einmal röntgen." Ich erzähle ihm, dass ich erst vor einem Monat diesbezüglich geröntgt wurde, nicht dass ich nachher verstrahlt bin. Nun konnte er sich das Lachen wirklich nicht mehr verkneifen. Es wurde ein Röntgenbild angefertigt und das Ergebnis lautete: Zahn ziehen. Schon standen mir die Tränen in den zwei

Augen. Der Arzt fragte: „Was ist denn jetzt
los, sehe ich da Tränen?" Ich antwortete: „Ja, ich habe panische Angst!" und erkläre ihm, dass die Tränen gleich waagerecht aus den Augen springen werden. Er rief: „Schwester, bitte ein Taschentuch für die junge Frau." Ich dachte, geht doch. Dann wurde der Zahn gezogen. Gute
Arbeit, guter Arzt. Jetzt schleiche ich langsam nach Hause in der Hoffnung, dass mich keiner sieht. Kaum zu Hause angekommen, schellt das Telefon. Ich überlege noch, ob ich das jetzt verdränge. Dann siegt aber doch die Neugier. Hallo, die Stimme habe ich lange nicht gehört. Ich freu mich, denn es ist mein Fahrlehrer. Er teilte mir mit, dass das Motorrad wieder heil ist und wir wieder loslegen können. Wir verabreden uns für den nächsten Tag. Bin ganz aufgeregt, denn ich bin ja eine Weile nicht gefahren.

Fahrvergnügen

Leute das war ´ne Nacht. Habe kaum geschlafen vor Aufregung. Jetzt schnell waschen, anziehen, Tasse Kaffee, dann noch ein kläglicher Gesichtsverschönerungsversuch und los zur Arbeit.
Der Tag ist mal wieder schnell vergangen, der Feierabend ist ran. Heute fahre ich mit dem Auto meines Mannes zur Fahrschule.
Mein Fahrlehrer wartet schon und ich halte rasant mit meinem gewohnten Meter Abstand vom
Bordstein. Da ich das nicht besser kann, lege ich ein blödes Grinsen auf und steige aus. Kopfschüttelnd begrüßt er mich. Jetzt will ich noch schnell meine Sachen von der Rückbank
nehmen und stelle entsetzt fest, dass sich die Rückenlehne nicht nach vorn klappen lässt. Ich sehe meinen Fahrlehrer genervt an und sage: „Guck dir das doofe Auto an, nicht mal die Rückenlehnen kann man nach vorne klappen, ich komme kaum an meine

Sachen." Er schaut mich an, geht an mir vorbei und öffnet die hintere Autotür. Jetzt bemerkte auch ich, dass ich ja heute mit einem fünftürigen Auto da bin und nicht mit meinem Drei-Türer. Sein Blick sagt alles. Wir stehen mitten auf der Straße und biegen uns vor Lachen, sogar die herannahenden Autos müssen warten, denn wir kriegen uns nur schwer wieder ein. Nur so zeige ich ihm, dass es sich bei mir um ein seltenes Einzelexemplar handelt.

Ich setze mir den Helm auf, ziehe meine Handschuhe an und rufe „Auf geht's, wir können los!". Er schaut mich an und sagt: „Ruhig Gabi, ich habe eine Überraschung für dich. Am 16. Juni, das wäre also in 4 Wochen, hast du Prüfungstermin." Er strahlt mich an und mir ist plötzlich ganz übel. Ich schaue ihn total betreten an. Er fragt: „Was ist los mit dir?" Ich stottere: „Prü-Prüfung?" Er: „Ja, es ist soweit. Du beherrschst jetzt das Motorrad, du fährst gut und den Parcours schaffst du auch. Noch vier oder fünf Übungsstunden, dann bist du perfekt." Bin ja total

verzückt, dass er mir das so zutraut.
Dann kommt mir der Gedanke, wenn ich das schaffe, ist die Fahrschule zu Ende und das macht mich traurig, denn es macht viel Spaß und wir sind ein gutes Team. Ob ich mich vielleicht noch etwas dumm stelle? Das kann ich ja ganz gut und vielleicht darf ich dann weiter Fahrschule machen. Schnell verwerfe ich den Gedanken, denn wir wollen jetzt fahren. Ich höre wie er sagt: „Wir fahren heute eine längere Strecke, ich möchte dein Verhalten in den Kurven prüfen. An der nächsten Kreuzung bitte abbiegen und auf die Geschwindigkeit achten."
Ich habe das Gefühl sehr gut zu fahren. Dann entdecke ich auf der linken Seite einen alten Bekannten und verkneife mir krampfhaft zu hupen oder hallo zu rufen. Doch mein Motorrad fährt gerade dahin wo ich hingucke, also nach links. Man, jetzt kommt mein Fahrlehrer wieder ins Spiel und ich höre ihn fragen: „Na, wo wollen wir denn hin, nehmen wir jetzt auch noch eine Abkürzung?" Boah, ist das ein Spielverderber. Mein Bekannter hat mich noch nicht mal registriert und

ich muss ungesehen geradeaus weiterfahren. Toll hat er das wieder hinbekommen. Ich konzentriere mich auf die Straße und siehe da, ich ernte sogar mal ein Lob. Danke Herr Fahrlehrer! Er kann auch sehr nett sein. Die Kurven habe ich nach meinem Empfinden gut gemeistert. Jetzt geht es wieder in Richtung Fahrschule. Ich klappe mein Visier auf, denn mir ist sehr warm geworden. Plötzlich ein Schmerz, mir tut das linke Auge weh und ich schließe es. Ich gebe meinem Lehrer ein Zeichen, dass ich die Straße verlasse und auf den kleinen Parkplatz rechts abbiege. Schmerzverzerrt mache ich mein Motorrad aus und setze den Helm ab. Mein Fahrlehrer hält hinter mir und kommt gleich besorgt angelaufen. „Was ist passiert"? fragt er. Ich antworte: „Ist innen feucht, hat außen Haare, Gott bewahre dass ein böses Ding rein fahre." Nun sieht er mich verständnislos an und schüttelt auch noch den Kopf. Ich sage: „Das ist das Auge, da ist mir was reingeflogen." Schon schwillt es an und wird ganz dick. Ich habe das Gefühl in

Richtung Chamäleon zu mutieren. Der einzige Unterschied besteht darin, dass ich mit dem dicken Auge nicht rundum blicken kann. Nun bewegen sich die Mundwinkel meines Fahrlehrers nach oben und er versucht krampfhaft ein Grinsen zu vermeiden. Ich setze mir meine riesige Sonnenbrille auf, um meinen Lehrer nicht länger zu belustigen. Nun fahren wir weiter in Richtung Fahrschule. Ich schiele auf die Grundstückszufahrt und treffe doch tatsächlich die Mitte und stelle das Motorrad perfekt auf dem Grundstück ab. Dann kommt mein Fahrlehrer. Er legt eine ernste Miene auf, seine Augen sagen mir aber etwas Anderes. Schnell verabschiede ich mich, denn ich kann im Moment kein Gelächter gebrauchen. Immerhin habe ich Schmerzen und ein dickes Auge, genug Grund, um mir unendlich leid zu tun. Zu Hause angekommen reiße ich auch keine Bäume mehr aus, denn für heute habe ich Auge.
Die darauffolgenden Wochen vergehen wie im Flug. Pro Woche habe ich vier

Fahrstunden gemacht und versucht, mein Fahrverhalten zu festigen.

Prüfungstag Nr. 1

Das Telefon schellt, ich halte es ans Ohr und frage: „Wer stört?" Eine Stimme sagt: „Guten Tag, morgen hast du deine praktische Prüfung, wir treffen uns eine halbe Stunde früher und üben noch einmal kurz den Parcours". Mir entfleucht mit mickriger und kleinlauter Stimme ein: „Ja, bis morgen." Mit meinem Magen hat gar niemand gesprochen, dennoch spielt er dumm und verschafft mir ein überaus mulmiges Gefühl. Der Abend ist gelaufen. Von der Nacht ganz zu
schweigen. Ich kann nicht schlafen und geistere in der Wohnung rum. Endlich klingelt der Wecker. Geliebter Wecker ich streichle dich aus! So schnell bin ich noch nie aus meinem Bett gekommen. Ich taumle in die Küche und stelle mir schnell die Kaffeemaschine an. Bin total aufgeregt. Befürchte einen Kollaps nach dem Kaffee. Mein Spiegelbild bestätigt

meine Befürchtung. Statt Gabili erblicke ich ein Monsterli. Ich glaube nicht, dass ich das schön schminken kann. Oh Gott, die Zeit ist ran. Ich setze mich zitternd in mein Auto und fahre wie in Trance zur Fahrschule. Ein Wunder ist geschehen, ich bin unversehrt angekommen. Mein Fahrlehrer begrüßt mich gleich und versucht, mir mit großer Mühe Mut zu machen. Er hat sofort
erkannt, was mit mir los ist. War ja nicht schwer zu erraten. Mit viel Schwung versuche ich das Motorrad zu besteigen und hab es auf der anderen Seite fast wieder verlassen. Eine Stimme trällert unter meinem Helm: „Bitte fahr los, wir wollen keine Zeit verlieren." Am Parcours angekommen verschwenden wir auch keine Zeit. Zwei Mal wurde erfolgreich geübt. Eigentlich dürfte jetzt nichts mehr schiefgehen. Wir fahren in das Gewerbegebiet, dort ist der Treffpunkt mit meinem Prüfer sowie Beginn der Prüfung. Jetzt kommt er, und ich bin sehr neugierig.

Mir wurde gesagt, ich solle mir den Prüfer nackt vorstellen, dann würde die Aufregung
verschwinden. Doch jetzt verlässt mich vor Schreck auch noch mein Vorstellungsvermögen. Er begrüßt mich und stellt sich vor. Es geht alles so schnell, ich kann nicht mal sagen, was für einen Eindruck er auf mich macht. Plötzlich höre ich meine vertraute Stimme: „Bitte starten und an
der nächsten Kreuzung links abbiegen. Wir beginnen mit der Fahrt durch den Parcours." Mein Gedanke ist, Gott sei Dank, dann hab ich das hinter mir. Mein

Körper verkrampft sich, meine Hände würgen den Lenker. Ob ich sie je wieder davon lösen kann? Am Ort des Geschehens angekommen stellt mein Fahrlehrer flink die Kegel auf und mein Prüfer gibt mir zu verstehen,
dass ich im Schritttempo durch den Parcours fahren soll. Ja, ich habe trotz Aufregung diesen Teil gut gemeistert.
„Jetzt bitte mit Tempo 30 durchfahren" sagt mein Prüfer. Okay, ich lege los. Plötzlich ein sehr komisches Geräusch. Ich schaue in den Rückspiegel und sehe, dass der letzte Kegel umgefallen ist. Das kann ich nicht gewesen sein, hätte ich doch merken müssen. Eine Stimme sagt: „Bitte zurück und das ganze noch mal". Jetzt wird mir ruckartig übel, denn ich habe nur noch eine Chance. Ich lege noch einmal los und krabumm - dasselbe Geräusch. Ich versuche es zu ignorieren, doch eine Stimme holt mich ganz schnell auf den Boden der Tatsachen zurück. Er sagt: „Schluss, Prüfung beendet, zurück zum Ausgangspunkt". Noch schlechter kann mir eigentlich nicht werden. Plötzlich fällt die Angst von mir ab und

ich fahre wie Gott persönlich zurück.
Mein Prüfer hebt die Axeln und
verabschiedet sich mit den Worten: „Tut
mir leid, das
nächste Mal klappt es bestimmt!" Dann
kommt auch mein Fahrlehrer und sagt
traurig: „Schade, wir haben doch so viel
geübt. Ich melde mich bei dir, wenn ich
den zweiten Termin hab."

Es schnürt mir regelrecht den Hals zu
und ich kann nur noch nicken. Er tut mir
so leid, hat sich doch so viel Mühe mit
mir gegeben. Im selben Augenblick
wechselt aber mein Gefühl und dann ist
es nicht mehr er, der mir leid tut, sondern
ich. Und wie ich mir leid tue! Schnell
fahre ich mit meinem Auto nach Hause,
denn ich muss mich jetzt erst einmal
ausheulen. Bin ja schließlich ein

Mädchen und auch alte Mädchen weinen. Auf dem Tisch sehe ich ein Geschenk meines Mannes für mich. Ich lasse es verschlossen und schäme mich auch noch. Zu allem Überfluss drängeln sich auch schon wieder dicke Tränen aus meinen Augen. Als ich mich so langsam etwas beruhige, gehe ich zum Spiegel und bin wie vom Donner gerührt. Mich schaut ein komplett zugeschwollenes Gesicht an. Ich kann mich so gar nicht damit identifizieren. Es ist doch erstaunlich, wie man durch solch kleine dicke Schlitze sehen kann. Dann fällt mir ein, morgen ist ja Freitag und ich muss zur Arbeit. So kann ich das aber auf gar keinen Fall! Vollkommen ausgeschlossen! Nicht zumutbar! Ich muss Heimarbeit machen. Das Telefon klingelt und mein Mann ist dran. „Na mein Haseputz, wie ist es gelaufen?" Jetzt weine ich sofort und schluchze herzzerreißend. Ich denke das sagt alles. Ich frage mich, wo denn das viele Wasser herkommt. Nach dem was ich geweint habe, müsste ich einen Wasserkopf haben. „Nun weine mal nicht, das nächste Mal schaffst du deine Prüfung. Morgen fahren wir zu unserem Boot und machen uns ein schönes Wochenende, ja?" Ich kann nur noch nicken und falle dann auch bald erschöpft ins Bett.

Wochenende

Der kommende Arbeitstag vergeht sehr schnell. Eigentlich sehe ich nur müde aus und bin für meine Verhältnisse sehr schweigsam. Keiner hat etwas gemerkt, toll. Wenn ich das meiner Freundin erzähle, wird sie wieder „typisch Schauspielschule Babelsberg" sagen. Ich freu mich, jetzt noch schnell einkaufen, dann geht es nach Plaue.
Wir sind angekommen und ich hoffe auf pure Entspannung. Gleich kommen unsere Bootsfreunde. Meine Bekannte hat Kuchen gebacken, mit ganz viel Streusel, hm lecker. Sie reicht uns ein paar Stücke an Bord. Gleich mache ich mich dankend ans Werk und koche Kaffee. Ich bringe zwei große Tassen als Dankeschön zu unseren Bekannten. Um

die Kaffeetassen an Bord zu reichen, muss ich mich bücken und zack - hat mich die Hexe geschossen. Mein Gesicht ist schmerzverzerrt. In Form einer Krampe krieche ich zu unserem Boot. Vor Schmerzen steigt der Wasserspiegel in meinen Augen extrem an. Ich lasse mir mein Handy geben und rufe unseren Hafenmeister an. Es ertönt: „Ja bitte."
Ich kann nur noch „ich hab einen Schuss!" sagen.
Prompt kommt von der anderen Seite: „Ich weiß." Mir ist wirklich nicht zum Lachen und ich zische ins Telefon: „Ich habe einen Hexenschuss!!" Die andere Seite nur: „Auch das ist mir klar." Es reicht! Ich brülle: „Ich habe Schmerzen!!!" Das wirkt. Schon hat er sich aktiviert und kommt mit seinem Freund, dem Herrn Doktor, gelaufen. Der Doktor fragt nach Stärke und Ort der Schmerzen. Da ich arg gekrümmt auf dem Steg stehe, spreche ich zu seinem Bauchnabel: „Beim Bücken verspürte ich plötzlich starke Schmerzen." Er verabreicht mir Tabletten und ich solle versuchen, mich ein wenig hin zu legen.

Das erscheint mir zwar todlangweilig, doch beginnt sogleich eine Verwöhnphase für mich dank meines Mannes. So langsam geht es mir auch besser und das bedeutet natürlich ein jähes Ende der Aufmerksamkeiten. Das darf man ja nicht übertreiben. Schade eigentlich! Ich bin ein Künstler im Langweilen und beherrsche das wirklich sehr gut. Als mein Mann mir dann gleich mehrere Fragen stellt, antworte ich ausgesprochen patzig, denn immerhin bin ich noch immer dabei, mir leid zu tun. Dann wendet sich das Blatt, ich versuche, alles wieder gut zu machen und sage: „Schatz, ich habe inzwischen über unseren kleinen Streit eben nachgedacht, im Grunde war´s ja reiner Quatsch, vor allem was du gesagt hast." Er sieht mich strafend an und ich muss erkennen, dass ich nicht wirklich nett war.
Plötzlich sagt er: „Wenn es dir mit deinem Rücken möglich ist, machen wir jetzt noch einen kleinen Trip, was meinst du?" Gleich versuche ich meinen gebeugten Körper in eine Gerade zu

biegen. Es gelingt mir, aber nur schwer. Ich möchte wirklich den Eindruck erwecken, topp fit zu sein. Wir legen ab und fahren mit dem Boot nach Brandenburg. Dort suchen wir uns einen guten Ankerplatz und gehen zum Bahnhof. Plötzlich fällt mir fast die Kinnlade runter, und ich hatte redlich Mühe sie wieder hoch zu klappen. Da steht doch tatsächlich mein Schweizer Freund. Die beiden Männer wollten mich überraschen, damit ich meine mäßig absolvierte Prüfung schnell vergesse. Mein Mann ist eben doch ein Engel. Eine wirklich gelungene Überraschung! Jetzt erfahre ich auch, dass wir einen Ausflug nach Stettin machen. Ich freue mich sehr. Im Zug sitzen wir inmitten einer lustigen Reisegruppe, welche für sich die riesige Ess-Orgie entdeckt hat. Als mein Gegenüber mitbekommt, dass unser Begleiter aus der Schweiz ist, teilt er uns gleich sein Schweizer Lieblingswort mit. Löli. Das Wort Löli soll wohl zu Deutsch sowas wie Blödmann heißen. Hätte nie gedacht, dass sich Blödmann so niedlich anhören kann. Die Leute im Zug sind sehr lustig und erzählen die tollsten Sachen. Und dann bekomme ich ein Gespräch genauer mit. Eine Frau mittleren Alters beklagt sich bei ihrer Freundin über ihren Mann. Sie sagt: „Mein Mann ist so penibel, ich traue mich nachts nicht mal auf die Toilette, denn wenn ich wieder komme, muss ich Angst haben, dass mein Bett gemacht ist. Neulich komme ich von meiner Betriebsfeier spät nachts nach Hause, da sitzt er im Sessel und wartet auf mich. Ich fragte warum er nicht im Bett läge? Seine Antwort: „Ich habe eine Falte im Bett." Ich versuche nach Innen zu lachen. Meine Augen stoßen fast gegen meine Brillengläser. Aber meine Selbstbeherrschung ist auch nicht mehr das was sie mal war, und so pruste ich laut los. Meine beiden Männer schauen mich verständnislos an. Plötzlich hält der Zug. Ach, wir sind schon da, das ging ja wirklich schnell. Gott, was habe ich mich amüsiert. Wir fahren mit einem Bus an den Hafenanlagen

entlang. Der Eindruck ist echt überwältigend. Anschließend spazieren wir durch die wunderschöne Altstadt von Stettin. So langsam stellt sich Hunger ein. Wir kommen auf einem großen Platz an, umgeben von wunderschönem altem Fachwerk. Rundum befinden sich Gaststätten und Hotels. Bunte Schirmchen, Tische und Stühle zieren den Platz. Plötzlich ein lauter Ruf: „Löli!" Dort sitzt ein Mann und winkt. Jetzt muss man sich einmal vorstellen, in einem fremden Land, mitten auf einem unbekannten Platz ruft einer „Löli" (= Blödmann) und wer fühlt sich angesprochen? Nur Gabili. Wir haben doch wirklich in der Fremde die Leute aus
dem Zug wieder getroffen! Nach einem großen Hallo gehen wir fantastisch essen. Ein wirklich tolles Essen, aber ich verschlinge es wie üblich in einem rekordverdächtigen Tempo.
Man muss den Teller an eine Kette binden, sonst giere ich den auch noch hinunter. Leider bin ich dann auch schon fertig und mein Mann fragt grinsend:

„Du hast wohl mal wieder nichts bekommen?" Dann schweben meine Augen laufend über seinen Teller. Ich kann wirklich nichts dafür. Als er es bemerkt, bemühe ich mich redlich, Desinteresse vorzutäuschen. Endlich zeigt er doch Mitleid und lässt mich von seinem Essen kosten. Nachdem wir nun reichlich gegessen haben, fahren wir zurück nach Brandenburg. Wir verabschieden uns ganz herzlich von unserem Schweizer Freund und traben zum Boot. Es war sehr schön, aber auch sehr anstrengend. Wir machen uns noch einen gemütlichen Abend, der allerdings nicht lange geht. Zeitig verabschieden sich meine Sinne.

Gute Nacht mein Haseputz, gute Nacht Boot.

Die Nacht ist fast zu Ende, der Morgen droht zu nahen und dann noch mit einem unangenehmen Geräusch. Es regnet. Ich überlege kurz, was mich wohl am meisten an dem Regen stört, da fällt es mir auch sofort ein. Es ist seine Einstellung. Immer so von oben herab. Schließlich dämmert dann doch der Morgen und ein Blick auf die Uhr verrät mir, dass er nicht dämmert, sondern schon längst vorbei ist. Wir frühstücken gemütlich und versuchen, den noch verbleibenden Tag zu planen. Mein Mann fragt, ob wir einen Spaziergang machen wollen. Darauf ich: „Hatte schon meinen Spaziergang. War im Bad, bin am Kühlschrank vorbei und jetzt auf dem Weg zur Sitzkuhle. Wetter spielt auch mit." Daraufhin folgt ein Wortspiel, denn er findet meine Antwort nicht wirklich lustig. Er fragt provozierend: „Seit wann machst du denn Selbstgespräche?" Da verrate ich ihm, dass ich manchmal eben kompetente Beratung brauche. Jetzt müssen wir doch beide lachen. Der Tag nimmt einen sehr ruhigen, entspannten Verlauf und wir bereiten uns auf unsere Heimfahrt vor. Alle Sachen sind gepackt und wir verstauen sie in unserem Auto. Nun verabschieden wir uns von unserem Boot und versprechen ganz fest, dass wir bald wiederkommen. Auf dem Heimweg geraten wir in eine Polizeikontrolle und mir fällt sofort ein Witz ein: Ein Polizist stoppt ein Auto und ruft: „Verkehrskontrolle, Verbandskasten und Warndreieck bitte!" Antwort: „Danke, hab ich schon. Aber was kostet die dämliche Kapitänsmütze?" Wir müssen so lachen und sind froh, nicht angehalten worden zu sein, sonst hätte ich bestimmt nach der Mütze gefragt. Dann hätte mich selbst meine Haarfarbe nicht mehr retten können. Wir fahren langsam in Richtung Heimat und freuen uns auf den für uns schönsten Ort der Liebe und Geborgenheit, auf unser Zuhause. Wie sagt man „my home is my castle". Leider gehört zu unserem Castle auch ein Briefkasten. Dieser wird als Erster, noch vor der Haustür, geöffnet. Nein, das war ein Fehler. Ich halte

zitternd meinen nächsten Prüfungstermin in der Hand und die bis eben verspürte Erholung findet ein jähes Ende. Mein Körper schlägt sofort Alarm und verdrängt die erlebte schöne Zeit. Wer hat Schuld? Mein Fahrlehrer, wer sonst! Problem weitergeleitet und siehe da, es geht mir langsam ein wenig besser. Gut gemacht Gabi.
Wie in Trance öffne ich die Wohnungstür, packe unsere Sachen aus und steuere in die Küche. Da es auf den Abend zugeht und ich unter Schock stehe öffne ich mir, vermutlich außerhalb meines Bewusstseins, ein Bier. Dann betritt mein Mann die Küche und schaut mich strafend an. Verlegen sage ich: „Ich wollte mir gerade eine Orange pressen und habe mir versehentlich ein Bier aufgemacht. Ich bin aber auch ein Schussel." Darauf kommt von ihm nur: „So siehst du mir schon aus, zeig mir mal, was du da in der Hand hältst. Ach, dein neuer Prüfungstermin. Da hast du ja noch Zeit, der ist ja erst in ein paar Wochen. Bis dahin machen wir noch unsere Tour an die Ostsee. Dann nimmst

du noch ein oder zwei Übungsstunden, dann schaffst du das auch." Ein Blick genügt und ich kann erkennen, dass er mal wieder Recht hat. Wie macht er das bloß?! Jetzt möchte ich eigentlich auch gar kein Bier mehr und vertage dies auf einen anderen Schreckmoment. Nach einem gemütlichen Abend kuscheln wir uns nun in die neue Arbeitswoche rein.

Stadtbummel

Die Woche beginnt mit der Spätschicht meines Mannes. Eine tragische Woche, denn ich bin wieder Königin im Langweilen.

Nach meinem ersten Arbeitstag zu Hause angekommen befällt mich ein furchtbarer Virus. Dieser heißt „Putzen". Ich nutze ihn auch gleich aus, bevor dieser zu einer schweren Krankheit führt. Anschließend schmeiße ich das Radio an. Es ist furchtbar, auf allen

Sendern werden seit Monaten die gleichen Titel tot gespielt. Sie haben es schon so weit gebracht, dass ich selbst die Sänger dieser Titel nicht mehr mag. Am liebsten würde ich das Radio auf die Straße stellen mit einem Zettel daran: „Ausgesetzt wegen Gülle". Ich entschließe mich, einen Stadtbummel zu machen. Trage noch einmal auf (ihr wisst schon was ich meine) und verlasse das Haus. Plötzlich hält neben mir ein grüner Kombi, die Tür geht auf und jemand sagt: „Ich bin Jäger und du? Du siehst so aus, als hättest du auf mich gewartet! Darf ich dich zum Kaffee einladen?" Ich bin baff, sogar mein loses Mundwerk wartet auf die Information vom Hirn. Jetzt erkenne ich ihn, es ist ein alter Freund aus meiner Jugend. Ich staune, dass ich ihn überhaupt erkannt habe. Normalerweise gelingt mir so etwas nicht. Ich überlege kurz, woran ich ihn so schnell erkannt habe. Sind es die hellbraunen Augen oder vielleicht die Segelohren? Ich steige zu ihm in das Auto und schon geht es los. Wir erzählen ohne Punkt und

Komma, denn wir haben uns eine
Ewigkeit nicht mehr gesehen. Dann sagt
er zu mir: „Ich hab meine
Telefonnummer verloren, kannst du mir
deine borgen?" Da ich ja sehr nett bin
gebe ich ihm ohne auch nur einen
kleinen Moment zu überlegen, meine
Telefonnummer. Es könnte die Höhle des
Löwen sein, aber ohne Verstand kann
diese auch ganz nett sein. Plötzlich
drehe ich mich auf Grund eines
Geräusches um. Da, hinter mir sitzen
drei Hunde, zwar in Käfigen, aber sie
sind dennoch da. Mir stockt der Atem,
denn ich habe Angst vor Hunden. Ich
ertaste heimlich meinen Puls, vielleicht
kann der mir verraten, ob ich diese
heikle Situation überstehe. Mir wird
immer wärmer und ich frage ihn, ob das
hier so warm sein muss, denn schließlich
hecheln ja nun fünf Lebewesen in
diesem Auto. Ich stelle fest, dass auch er
schon einen ganz roten Kopf hat und
bemerke: „Du musst aufpassen, dass
man dir nicht die Scheibe einschlägt,
könnte sein, dass sie hinter dieser einen
Feuerlöscher vermuten." Tja, so war nun

unsere Unterhaltung je zu Ende. Ohne den versprochenen Kaffee steige ich jetzt aus dem Auto. Wir versprechen uns, in Zukunft öfter voneinander zu hören. Na da bin ich ja jetzt schon mal gespannt. Ich setze meinen Bummel durch unsere Stadt fort. Da, das ist ja toll! Steht doch dort ein großes Schild „Neueröffnung". Muss ich sofort hin. Viele Leute strömen durch die geöffnete Glastür, nur ich nicht, denn bei mir bleibt sie zu. Rums!!! Mit diesem Geräusch ziehe ich alle Blicke auf mich. Ich drehe mich verlegen um, könnte ja sein, dass da noch jemand kommt. Eine Frau lacht am lautesten. Ich werfe ihr einen lange geübten, bösen Blick zu. Plötzlich sehe ich eine tolle Figur. Die kann nur meiner Schulfreundin gehören. Es ist unerhört, sie hat nicht ein Fettpolster. Das ist ungerecht! Auch ich kann mich eigentlich nicht beklagen, aber in Polster tragen habe ich mich verbessert. Nicht, dass die Haut dadurch straffer aussieht, nein, es sieht nur mehr aus. Nun lädt sie mich zu einer Tasse Kaffee ein. Da bin ich ja gespannt, ob das diesmal klappt, denn es ist schon die zweite Einladung heute. Wir gehen in ein kleines gemütliches Cafe am Park. Ich bestelle schnell, will ich doch sichergehen, heute noch zu meiner Tasse Kaffee zu kommen. Dann schwelgen wir in Erinnerungen. Zwei davon erzähle ich euch. Ich hatte mir ein tolles T-Shirt gekauft und will ihr das auch sofort vorführen. Sie sagte: „Super schick, was ist denn das für ein Stoff?" Ich ahnte böses, sie fasste mein T-Shirt an und der Zierfaden, welcher sich durch das gesamte Shirt zog, verabschiedete sich. Auf einen Ruck sah es blöd aus und ich bekam es auch nicht wieder in den Griff. Jegliche Rettung für das T-Shirt war aussichtslos. Na vielen Dank! Ein anderes Mal holte sie mich ab, um sich einen Fernseher zu kaufen. Ich hatte die ehrenvolle Aufgabe, ihn mit auszusuchen. Wir betraten das Geschäft und sie steuerte sogleich auf einen bestimmten Fernseher zu. Sie rief den Verkäufer und fragte ihn, ob er ihr diesen mal vorführen könne. Dabei tippte sie auf das Gerät. Das hätte sie lieber nicht

tun sollen. Der Fernseher schaltete auf stur und ließ sich einfach nicht anstellen. Der Verkäufer verzweifelte fast und erzählte laufend was von einem Vorführeffekt. Als wir das Geschäft verließen und ein gewisser Sicherheitsabstand erreicht war, hätte ich darauf wetten können, dass der Fernseher wieder funktioniert.
So erzählen wir uns viele Geschichten und verabschieden uns nach einem gelungenen Nachmittag. Es ist schon komisch, dass nichts weiter passiert ist heute. Zu Hause angekommen muss ich ständig an diese tolle Figur denken. Ich betrete mein Wohnzimmer, verschaffe mir Platz und bestrafe mich mit Sportübungen. Anschließend, ein Blick in den Spiegel verrät mir, dass ich mich wohl noch sehr oft bestrafen muss. Dann rede ich mir ein, dass der Spiegel ja auch schon in
die Jahre gekommen ist und vermutlich nur noch ein verzerrtes Bild der Realität wiedergibt. Ich entschließe mich dann, heute ganz zeitig ins Bett zu gehen. Jetzt schlafe ich mit dem Gedanken,

dass mein Mann gleich von der Arbeit
kommt und mir die gewünschte
Geborgenheit schenkt, ein.

Gabi hat Geburtstag

Ich reiße die Augen auf und mein erster
Gedanke ist, dass ich meinen Mann
verpasst habe.
Ausgerechnet heute. Warum hat er mich
denn nicht geweckt, ich habe doch heute
Geburtstag!
Ich erschrecke bei der Vorstellung, mein
Geburtstagsgeschenk erst nach seinem
Feierabend am Nachmittag zu

bekommen. Das kann doch nicht sein! Wie soll ich das bloß so lange aushalten? Ich habe mir extra frei genommen. Heute ist doch mein Tag. Ich rede mir ein, dass mich mein Mann bestimmt überraschen will und somit das Geschenk irgendwo liebevoll mit einem kleinen Liebesbrief versehen hingelegt hat. Ja, so muss das sein. Langsam gehe ich die gesamte Wohnung ab und schaue suchend in jede Ecke. Das nimmt natürlich auch viel Zeit in Anspruch, da unsere Wohnung knapp 100 qm groß ist. Jetzt betrete ich das letzte Zimmer. Das Telefon klingelt. Nein, ich muss mich jetzt um wichtigere Dinge kümmern. Nämlich mein Geschenk zu finden. Was nun? Auch das letzte Zimmer gibt nichts her, komisch. Da kommt mir der Gedanke, einfach mal in das Treppenhaus zu schauen. Vielleicht will sich mein Mann nur einen kleinen Scherz erlauben. Leise öffne ich die Wohnungstür und blicke verstohlen in das leere Treppenhaus. Das ist jetzt nicht gerade witzig. Hoffentlich sieht mich keiner. Schwups, ich verschwinde schnell wieder in meiner Wohnung. Ich koche mir einen Kaffee und feiere mit mir allein Geburtstag. Klingeling, achtu, mein Telefon, das kann jetzt nur mein Freund Kalli sein. Ich halte den Hörer ans Ohr und schon ertönt eine Stimme und trällert mir ein Geburtstagslied. Nicht gerade schön, aber selten. Kalli gratuliert mir herzlich zu meinem Geburtstag und fügt ganz beiläufig hinzu, dass ein kleines Geburtstagsgeschenk für mich unterwegs ist. Gleich kribbelt es in meinem Bauch und ich habe nur noch das Wort Geschenk im Kopf. Dann kommt sie, seine Frage, welche ich nicht hören will: „Was hat dir eigentlich dein Mann geschenkt?" Spontan erzähle ich ihm, dass wir uns ausgemacht haben, uns nichts zu schenken. Wir würden von dem Geld lieber schön essen gehen oder so. Als das Gespräch beendet ist, denke ich über meine Worte nach. Jetzt fällt mir ein, dass wir uns tatsächlich ausgemacht haben, uns nicht mehr zu beschenken. Na er wird sich doch nicht wirklich daran halten, oder? Ich bekomme noch viele Anrufe, von meiner Familie,

Freunden und Kollegen. Dann schwinge ich den Staubfeudel und wedele durch die ganze Wohnung. Im Anschluss bereite ich liebevoll den Kaffeetisch für meinen Mann und mich vor. Mit meiner Familie und Freunden verabreden wir uns später. Heute ist mein Tag und den möchte ich nur mit meinem Mann verbringen. Ich habe einen fertigen Kuchen
gekauft. Dabei handelt es sich um Schwarzwälder Kirschtorte. Diesen Kuchen muss ich nur aufbacken und mit Schokolade überziehen. Mir wurde gesagt, dass er sehr gut schmeckt.
Schnell schiebe ich den Kuchen in den Ofen. Die Zeit vergeht wie im Fluge. Ich höre noch ein wenig Musik, bis mir plötzlich ein strenger Geruch in die Nase steigt. Nein, doch nicht etwa mein Kuchen?! Schnell laufe ich in die Küche und reiße den Herd auf. Meine Schwarzwälder
Kirschtorte ist mehr schwarz als Wälderkirsch. Nun versuche ich noch die verbrannte Schicht abzukratzen und überziehe den ganzen Kuchen mit

Schokolade. Er wird sicherlich nicht schmecken, aber sieht sehr gut aus. Draußen hält ein Auto. Schnell laufe ich zum Fenster und peile hinaus. Juchu, mein Mann kommt. Aber wie genau ich auch hin schaue, ich kann nirgends ein Geschenk entdecken. Na mal abwarten, wir wollen nichts überstürzen und ihn erst einmal ankommen lassen. Er öffnet die Tür und ich springe ihm erwartungsvoll entgegen. Er gratuliert mir ganz herzlich, umarmt und küsst mich innig. Ich blicke ihn mit riesigem Augenaufschlag an. Natürlich liest er in mir, wie in einem Buch und sagt: „Wir haben uns ausgemacht, keine Geschenke. Stimmt doch oder nicht?" Ich sehe ihn traurig an und sage: „Nichts, ist doch aber nicht gar nichts, oder?" In meinem Fall ist es dann doch so. Wir setzen uns an den Kaffeetisch und mein Mann betrachtet den Kuchen. Noch ist nicht zu erkennen, dass dieser ein Unfall ist. Er sagt: „Dein Kuchen sieht toll aus, wenn er dann auch so schmeckt." Gleich kommt meine Antwort: „Perfektion lässt sich nicht

verbessern." Das hätte ich jetzt doch nicht sagen sollen. Er kaut sehr hochbeinig und sieht auch nicht sehr glücklich mit seinem Stück Kuchen aus. Ich tue so, als hätte ich keinen Hunger und gebe mich mit einer schönen Tasse Kaffee zufrieden. Natürlich will er mich nicht verletzen und hüllt sich bezüglich des Kuchens in Schweigen. Somit ist es trotz allem ein gemütlicher Kaffeenachmittag.
Plötzlich klingelt es an der Tür. Wer kann denn das jetzt sein? Ich laufe zur Sprechanlage und frage: „Wer will mir gratulieren und mich mit Geschenken überhäufen?" Dann höre ich –ein Paket für Sie-. So schnell habe ich noch nie die Tür aufbekommen. Der Postmann drückt mir ein kleines Päckchen in die Hand und verabschiedet sich. Ich werfe einen Blick auf das Päckchen, laufe in die Küche zu meinem Mann und sage ganz benommen: „Schau mal, das ist ja an dich adressiert." Ich übergebe ihm das Päckchen schweren Herzens. Er öffnet es und ein kleines Parfumflakon mit einer Geburtstagskarte kommt ans Tageslicht.

Super, das ist von meinem Freund Kalli!
Also doch für mich! Ich reiße es ihm aus
der Hand und strahle. Dann frage ich:
„Warum hat er es eigentlich an dich
adressiert?" Mein Mann antwortet:
„Vielleicht wusste er nicht, wo du
wohnst." Ich sage in Gedanken: „Ach so,
das ist natürlich möglich" und verlasse
den Raum. Als ich im Flur stehe, bin ich
wie vom Donner gerührt. Was habe ich
da eben bloß von mir gegeben. Wo ist
denn nur mein Verstand? Hat der mal
wieder Ausgang? Ich hoffe doch sehr,
dass er mich nicht ganz verlassen hat,
denn weitere Blamagen ertrage ich nicht.
Als ich zurück in die Küche komme, ist
mein Mann verschwunden. Wo steckt
der denn bloß? Die Tür geht leise auf
und eine Hand schiebt sich herein und
hält eine Motorradjacke fest. Ich schreie:
„Ist die für mich, ja?" Er sagt: „Dafür,
dass wir uns keine Geschenke machen
wollen, fällt mein Geschenk ganz klein
aus. Ich hoffe du wirst es verkraften."
Ich umarme ihn fest und ziehe die Jacke
gleich über. Passt, sieht super aus, jetzt
brauch ich nur noch die Prüfung

bestehen. Ich bin so glücklich, dass ich sieben Mal fast und zwei Mal wirklich geheult habe. Zur Krönung des Tages lädt er mich dann zum Abendessen in unser Lieblingsrestaurant ein. Der Tag ist perfekt. Aber er geht ja auch noch bis 24 Uhr. Jetzt kommt die schwerste Frage am heutigen Tag. Was ziehe ich an? Schon verschwinde ich im Schlafzimmer und schaue in meinen Kleiderschrank. Ja, der platzt bald, ist aber trotzdem nichts zum Anziehen drin, oder? Mein Mann sagt mir, ich solle mich ein wenig aufhübschen, was immer das auch sein mag. Jetzt hab ich es entdeckt, nachdem ein
riesengroßer Haufen auf meinem Bett entstanden ist. Das ist, wie man so sagt, das kleine Schwarze. Flugs ziehe ich es über und turne wackelnd an meinem Mann vorbei. Ich merke ganz genau, wie er hinter mir herschaut und mich zufrieden begutachtet. Jetzt beginnen mal wieder die Maler- und Stuckarbeiten in meinem Gesicht. Dann ziehe ich noch eine breite Furche durch meine Haare und finde mich dann endlich schön.

Im Restaurant angekommen, fällt mir ein
sehr schön dekorierter Tisch ins Auge.
Ich steuere jedoch an ihm vorbei, bis
mich die Stimme des Kellners zurück
beordert.

Dieser Tisch ist doch für mich. Ich schaue meinen Mann an und muss wieder einmal mit den Tränen kämpfen. Bloß nicht heulen, dann wäre eine halbe Stunde schwerer Malerarbeiten einfach so umsonst gewesen. Der Kellner macht mir ein Kompliment und sagt: „Sie haben ein ganz tolles Outfit gewählt." Ich bedanke mich. Mein Mann äußert dann nur noch: „Gut, dass sie ihr ein Kompliment gemacht haben, dann muss ich das nicht tun." Die Betonung liegt doch tatsächlich auf dem Wort <u>muss</u>. Jetzt kommt auch schon das Essen. Das geht ja flink. Ich habe mir Rippchen bestellt. Die darf ich mit den Händen essen. Super! Zusätzlich erhalte ich ein kleines Schälchen mit Wasser. Auf dem Wasser schwimmt etwas Petersilie. Das irritiert mich jetzt doch ein wenig. Ich frage leise meinen Mann: „Das kann doch nicht die Soße sein, oder?" Mein Mann sieht mich entsetzt an und gibt mir zu verstehen, dass ich mir damit die Finger säubern kann. Ja, und wozu ist dann die Petersilie? Es handelt sich hier nur um reine Dekoration. Ich bin ja froh, dass ich nicht meinen Teller damit geflutet habe. Wir bestellen uns ein Glas Wein und ein Glas Bier und trinken auf meine Gesundheit. Mein Redeschwall erhöht sich von Stunde zu Stunde und von Bier zu Bier. Mein Mann bittet mich dann schließlich darum, mal für fünf Minuten zu schweigen. Ich muss ihm leider gestehen, dass mir zum Schweigen wirklich die Worte fehlen. Jetzt geht es tatsächlich auf das Ende meines Geburtstages zu. Es ist 24 Uhr und es war ein wirklich toller Tag! Danke mein Haseputz!

Ostseetour

Heute werde ich euch von meiner aufregenden Bootstour an die Ostsee erzählen. Wieder beginnt alles mit einem riesigen Zettel. Auf diesem habe ich all unsere Utensilien, welche wir mitnehmen wollen, aufgelistet. Oh, das Budget meiner Kleider und Schuhe wurde gekürzt. Das war natürlich keiner, ach wo. Es ist wirklich schwer, ein Boot zu bestücken, da der Stauraum begrenzt ist. Mein
Mann benötigt wie immer einen kleinen Koffer in Größe eines Turnbeutels.
Meine Tasche sieht dagegen stattlich aus.
Was zu essen, zu trinken und eine

Waschtasche sowie Handtücher usw.
muss alles zusammen gesucht werden.
Unsere Klappräder sind schon an Bord.
Bin so aufgeregt, hoffentlich haben wir
alles. Da kommt mein Mann auch schon.
Wir packen das Auto und fahren los. Am
Nachmittag erreichen wir unseren Hafen.
Gleich räumen wir alles auf unser Boot.
Siehe da, passt. Super kalkuliert. Wir
beschließen, an unserem Imbiss uns
noch einen schönen Abend zu gestalten.
Eine dicke Bockwurst und ein großes
Urlaubsbier. Am Tisch nebenan sitzt ein
junger Mann und wir kommen ins
Gespräch. Plötzlich ruft jemand am
Nebentisch: „Ich möchte zahlen bitte."
Darauf rufe ich gut gelaunt zurück: „Das
war aber jetzt nicht nötig." Das Gesicht
zeigt sich verblüfft aber trotzdem muss
auch er lachen. Wir beschließen jetzt,
Boote schlecht zu machen. Das gelingt
uns auch ganz gut. Wir haben ein super
tolles Holzboot im Auge, was wir uns
nie leisten können werden. Schon taufen
wir es auf den stolzen Namen
„Bretterbude" und kugeln uns vor
Lachen. Nach einem gemütlichen Abend

rufen wir den Imbissbesitzer und bitten um die Rechnung. Mein Mann bezahlt. Ich schaue den Mann an und drücke ihm etwas in die
Hand mit den Worten: „Stimmt so, danke." Er strahlt mich an, aber nur bis er seine Hand öffnet und einen Einkaufschip darin liegen sieht. Wir machen, dass wir Land gewinnen und verschwinden mit lautem Lachen. Am nächsten Morgen, Sonnenschein, Frühstück, Leinen los und ab. Unsere Reise beginnt. Durch den Havelkanal über den Lehnitzsee und auf zur Schleuse Lehnitz. Dort warten bestimmt 30 Boote und wollen alle in diese eine Schleuse. Das wird doch nie was, denke ich. Wir haben kaum Wartezeit und alle Boote fahren nach und nach in diese Schleuse. Das ist wirklich eine tolle Erfahrung. Danach geht es weiter über die Oder-Havel-Wasserstraße zum Schiffshebewerk Niederfinow. Die Tour haben wir schon einmal gemacht und es ist immer wieder klasse. Wir haben auch dieses Mal viele Zuschauer, es wird gefilmt und fotografiert. Dann erreichen

wir den Ort Hohensaaten. Dort machen wir einen Zwischenstopp und grillen uns was Leckeres. Am nächsten Morgen fahren wir durch die Schleuse Hohensaaten und machen eine ganze Tagestour. So gegen Abend erreichen wir dann den schönen Ort Garz. Wir sitzen auf einer wunderschönen Terrasse und essen Abendbrot. Nun beobachte ich ein Ehepaar, welches mit einem traumhaften Segelboot angekommen war. Ich spreche die beiden an und will erfragen, ob sie schon einmal in Stettin waren. Da! Jetzt machen sie einen Fehler, sie antworten. Sie erzählen uns, dass sie schon des Öfteren dort waren und morgen einen super idyllischen Hafen in Stettin anlaufen werden. So erfahren wir, dass sie ca. 7.00 Uhr ablegen wollen. Auch wir stellen uns den Wecker und lassen die netten Leute nicht mehr aus den Augen. Das haben sie jetzt davon, wir hängen ihnen ab sofort an der Backe. Gesagt, getan, der Morgen dämmert, wir legen ca. 7.00 Uhr ab und befahren erstmals so gegen 10.00 Uhr polnisches Gewässer. Schnell befestigen wir die polnische Flagge rechter Hand an unserem Bootsmast. Ich habe mir vorgenommen, das erste polnische Boot ganz herzlich zu grüßen. Dies lässt auch nicht lange auf sich warten. Ich hüpfe auf die Reling und nehme die Begrüßungsposition ein. Dann stelle ich fest, dass nicht nur ich gesprungen bin, sondern auch meine Brüste. Da ich die Träger meines T-Shirts heruntergeklappt habe, haben meine Brüste genug Spielraum, um aus meinem Shirt zu fallen. Die Männer auf dem Boot legen doch tatsächlich ein sehr breites Lächeln auf und winken mir zu. Der Gipfel der Krönung ist dann noch der Spruch meines Mannes, der sagt: „Na mein Haseputz, wolltest wohl auch mal einen raushängen lassen." Ich verschwinde sofort unter Deck, packe die beiden Ausreißer wieder in mein Shirt zurück und vertiefe mich in unsere Seekarten. Gemeinsam mit unseren neuen Freunden sind wir natürlich super gut in Stettin gelandet. Wir verbringen einen gemeinsamen Abend. Den Tag darauf legen wir ab. Sie fahren vor uns und

zeigen uns den Weg durch das Haff. Es ist riesig! Das habe ich gar nicht vermutet.
Mein Mann und ich verfolgen alles auf der Karte und mit dem Fernglas. Wir haben Dank ihnen viel gelernt und sind in einem urigen, wunderschönen Hafen in Mönkebude gelandet. Mit dem Fahrrad haben wir alles erkundet und mit unseren lieben Freunden dann noch einen gemeinsamen Abschiedsabend dort verbracht. Leider führen unsere Wege jetzt in verschiedene Richtungen. Nun setzen wir unsere Reise über das Haff in das Achterwasser zur Insel Usedom fort. Wir erreichen Zinnowitz. Im Hafen zieht ein netter Herr unser Boot an sein um vieles größeres Boot und befestigt die Leinen. An dem großen Boot hängen zwei riesige, runde Pfänder. Nun sieht unser Boot wirklich klein aus, so als würde es an einem großen Busen ruhen. Zwei Tage bleiben wir in Zinnowitz und erkunden den Ort mit unseren Rädern. Am schönsten ist der letzte Tag.

Wir gehen baden und haben riesige Wellen. Die Wellen sind so stark, dass sie mich umreißen.
Schon ist es mit meiner Traumfrisur zu Ende, toll. Mein Mann versucht mich aus dem Wasser zu ziehen. Er weist auf die roten Fahnen und hochgezogenen Bälle hin. Ich sage nur: „Ja, finde ich auch ganz toll, wie sie den Strand geschmückt haben." Er schüttelt den Kopf und erzählt mir was von Badeverbot. Jetzt fällt mir auch auf, dass kaum noch Leute zu sehen sind, es tollt hier nur eine Person wie verrückt herum und das bin ich. Plötzlich entdecke ich eine ganz neue Seite an mir. Diese heißt

Vernunft. Ich gehe tatsächlich aus dem Wasser und begleite ganz artig meinen Mann zum Hafen. Am kommenden Morgen zeigt mir meine Handy-App was von Windstärke fünf in Klammern maximal sechs. Wir befragen noch andere Leute, ob man die Fahrt wagen soll. Mehrfach erhalten wir die Antwort: „Das ist noch nichts, Sie können ruhig los." Wir beobachten die Boote und sie legen tatsächlich ab. Also fahren auch wir los, mit einem klitzekleinen Unterschied. Beim Verlassen des Achterwassers stellen wir fest, dass die Boote die entgegengesetzte Richtung anstreben. Bloß wir fahren in Richtung Haff. Es erwischt uns eiskalt. Bin froh, dass wir alle Gegenstände an Bord befestigt und beräumt haben. Die Wellen heben unser Boot hoch und lassen es knallhart nach vorn fallen. Eimerweise strömt nun das Wasser über unser Boot. Dann erwischen uns zwei Wellen seitlich und kippen es an. Mit ein bisschen Mühe könnte mein Mann die Fische im Wasser erkennen. Ich hänge an unserer Küchenzeile (sowie an meinem Leben) und schaue aus dem Seitenfenster, durch welches ich diesmal allerdings den Himmel sehe. Eben habe ich noch die Position eines Ausfallschrittes eingenommen. Das Boot richtet sich wieder auf und ich kann selbst mit einem guten Hüftschwung die Bewegungen nicht ausgleichen. Plötzlich ein Knall, ich versuche mich krampfhaft umzudrehen. Ich muss erkennen, dass mein Mülleimer seine ersten Flugstunden nimmt. Gar nicht so übel, denke ich. Er hat seinen Deckel offen und seinen Inhalt noch nicht ausgepukt, gratuliere. Trotzdem gefällt er mir am Besten, wenn er still in der Ecke steht und artig schluckt, wenn er gefüttert wird. Ein Fernglas kann man wirklich nicht nutzen, die Orientierung schwindet auch langsam. Dann sehe ich was Rotes und rufe: „Da ist die Leitboje, juchu!" Das Juchu bleibt mir dann auch fast im Halse stecken, denn es sind nur Fischernetze. Wenn wir uns darin verfangen, ist es wohl unsere letzte Tour gewesen.

Plötzlich haben wir den richtigen Kurs wieder. Jetzt reiten wir längs auf den Wellen und erreichen endlich den Hafen. Wir befestigen unser Boot. Der Hafenmeister staunt und teilt uns mit, dass wir Windstärke 7 haben. Jetzt, wo er das so sagt, fällt es uns auch auf. Ritter der Tafelrunde, das sind wir. Mein Mann und ich. Ich bin echt stolz auf ihn. Von diesem Erlebnis müssen wir uns erst einmal ausgiebig erholen. Unser Plan ist es, in zwei Tagen das Haff zu verlassen und wieder nach Stettin zurück zu fahren. Im Büro des Hafenmeisters kann man sich täglich über die zu erwartenden

Windstufen erkundigen. Der Donnerstag zeigt uns dann
Windstufe drei bis vier an und wir beschließen, weiter zu fahren. Natürlich wollen wir jetzt Haff und Wind überlisten und stellen uns für fünf Uhr morgens den Wecker. Welch unchristliche Zeit im Urlaub. Der Morgen naht und der Wecker droht zu klingeln. Das ertrage ich nicht und wir stehen schon vor dem grausamen Geräusch auf. Viertel sechs legen wir ab. Es geht alles sehr schnell, da wir ein gutes, eingespieltes Team sind. Der Wind pfeift jetzt schon und strapaziert uns mit Wellen. So schaukeln wir über das Haff und kommen gegen Mittag in Stettin an. Wir machen
unser Boot fest und beschließen für einen Moment Urlaub zu machen. Das tut gut. Wir liegen auf unserer Rückbank auf der Plicht und tun einfach mal gar nichts. Nichts machen und mich kraulen lassen könnte mein Hobby werden. Jetzt schmieden wir einen Plan für den kommenden Tag. Nachdem wir uns noch einmal im Hafen umgesehen haben essen

wir an Bord Abendbrot und gehen zeitig in unsere Koje. Das ist das Schöne am Urlaub, man lernt sich wieder auszuruhen und sogar auszuschlafen. Ich liebe Urlaub! Wir haben nun auch tatsächlich etwas länger geschlafen. Nach dem Duschen und unserem leckeren Frühstück holen wir uns an der Information Tickets und einen Stadtplan und fahren in das Zentrum von Stettin. Als wir uns auf der Karte orientieren wollen, schauen wir bestimmt aus wie zwei Landeier, denn es kommt sofort eine ältere Dame und versucht uns in gebrochenem Deutsch zu helfen. Mir fällt spontan das Wort Löli ein. Ihr erinnert euch? So hab ich bestimmt ausgesehen. Wir bewundern die Altstadt und erleben einen klassischen Wochenmarkt. Selbstgebackene Brote, Kuchen, Gemüse und noch vieles mehr. Ich muss an jedem Stand was essen. Wir können einfach nicht widerstehen und kaufen uns viele leckere Sachen. Als hätten wir noch nie Brot und Kuchen gegessen. Auf dem Rückweg bin ich wie genudelt. Ich bete: „Lieber Gott, wenn du mir nicht hilfst abzunehmen, dann hilf wenigstens die Anderen dicker werden zu lassen." Ich finde den Wunsch eigentlich ganz gut und keinesfalls gemein.

Halbzeit – Hennigsdorf und zurück

Am nächsten Tag machen wir uns weiter und besuchen unsere Freunde in Hennigsdorf. Wir fahren erst einmal einkaufen und füllen Kühlschrank sowie Getränketasche wieder auf. Wir verabreden uns an der S-Bahn. Das ist eine ausrangierte S-Bahn, welche als

Gaststätte fungiert. Für uns zur Einkehr das absolute Muss! So lecker und gut kann man nicht überall essen. Ich bestelle mir ein Eisbein, obwohl ich gerade erst getönt habe, Vegetarier zu sein. Na man kann sich ja mal irren. Ein Gast am Nachbartisch hat ebenfalls Eisbein und ich muss ständig hinübergucken, denn es hat wahrlich die Größe seines Kopfes. Gut, dass er Haare hat, sonst könnte man ihn glatt verwechseln. Jetzt kommt auch mein Eisbein und so muss ich nicht ständig vor lauter Neid zum Nachbartisch äugen. Oberlecker! Nach dem Essen lümmeln wir uns auf den Stühlen rum, halten noch einen Schwatz mit dem Wirt und unseren Freunden. Dann sagt schließlich mein Mann: „Wir möchten zahlen." Ich muss ihn korrigieren, denn bei dem Wort *wir* bin ich nicht dabei. Er muss bezahlen. Ich schraube mich in Zeitlupe von meinem Stuhl hoch und trage die gerade frisch angefutterten Massen zu unserem Boot. Armes Boot. Kann mich erinnern, als ich achtundfünfzig Kilo gewogen hab, hat mein Mann immer Tonja oder big Mama zu mir gesagt. Ich möchte wirklich nicht wissen, ob diese Kosenamen noch steigerungsfähig sind. Wir umarmen uns herzlich und bemerken, dass wir bis jetzt einen sehr schönen Urlaub hatten. An Bord angekommen handeln wir getreu dem Motto „nach satt kommt faul". Also ab ins Bett. Das ist die beste Idee am heutigen Tag. Nach der Dusche schieben wir uns in unsere Achterkabine und lassen alle vier gerade sein. Ihr müsst euch vorstellen, dass wir in unserer Achterkabine getrennt schlafen. Mein Mann kippt nach rechts weg in die Koje und ich nach links. Nur die Köpfe und der Oberkörper können zusammen liegen. Dann erklingt leise seine Stimme: „Mein Haseputz, kommst du noch ein bisschen rüber zu mir?" So, jetzt gibt es zwei Möglichkeiten, entweder ich klettere rüber zu ihm, oder ich stelle mich tot. Dann habe ich mich doch für Variante eins entschieden und wir kuscheln uns in die Nacht. Oh, wie schön! Am nächsten Morgen klemme ich noch immer mit in seiner Koje. Er holt

tief Luft. Was ist los, hab ich ihn an der Wand hoch geschoben oder ruhe ich etwa ausgebreitet auf ihm? Jetzt mache ich mir doch so meine Gedanken, drehe mich um und schaue nach, was mit ihm ist. Er grinst mich an. Dafür habe ich mir nun Gedanken gemacht, na super! Dann fragt er mich: „Wollen wir Frühstück machen?" Bei diesen Worten falle ich doch sofort in den Tiefschlaf. Dann kann ich, auch im Tiefschlaf, durch einen Augenschlitz beobachten, dass er Kaffeewasser aufsetzt und den Tisch deckt.
Geht doch! Dann weckt er mich zart und haucht: „Frühstück mein Haseputz." Tiefschlaf beendet, plötzlich hell wach, komisch was? Ich schaffe es sogar mit einem Satz echt Kung-Fu-mäßig aus dem Bett an den Frühstückstisch. Wir lassen uns Zeit, erzählen schön und schmieden einen Plan für den vorletzten Urlaubstag. Dann erwischt es mich doch, ich habe den sogenannten Zonk gezogen. Dieser heißt Abwasch, Betten machen, aufräumen usw. Gehört leider alles dazu. Da kann einem doch tatsächlich die gute

Laune vergehen. Ich muss dann doch mal kurz bemerken, dass ich Urlaub hab. Mich trifft ein seltener Blick. Dieser will mir doch weismachen, dass auch mein Mann Urlaub hat. Dann kann auch ich mich schwach erinnern, dass wir gemeinsam Urlaub haben. Jetzt ist der quälende Teil des Tages beendet und wir fahren weiter nach Ketzin. Wir haben uns vorgenommen, eine schöne Fahrradtour durch Ketzin und Umgebung zu machen. Nun haben wir den Hafen erreicht und machen unser Boot fest. Über uns schweben dicke Wolken und geben mir einen geheimen Wink. Dieser sagt mir, dass es gleich regnen wird und Gabili sich auf die breite Seite legen kann, um sich vom Nichtstun inspirieren zu lassen. Es macht sich auch sofort ein wohliges Gefühl in mir breit. Das hält allerdings nicht lange an, denn mein Mann holt die Fahrräder von Bord und baut sie zusammen. So dumm hab ich lange nicht geguckt. Das hat er zumindest so festgestellt. Also schwingen wir uns auf die Räder und fahren los. Jetzt muss auch ich nach anfänglicher Unlust feststellen, dass die Bewegung mir sehr gut tut. Ich laufe fast schon zur Hochform auf und überhole ganz überheblich meinen Mann. Der schafft es dann in kürzester Zeit mich wieder einzuholen. Ist das gemein! Der gönnt mir einfach nicht den ersten Platz. Nun fahre ich höllisch gelangweilt auf Platz zwei bis zur nächsten Gaststätte mit. Wir bestellen uns jeder eine Tasse Kaffee und ein riesiges Stück Kuchen. Die Welt ist wieder in Ordnung. Ein großes Stück Mohnkuchen mit Streussel muss es sein. Wirklich lecker und ich bemerke so aus Spaß: „Mohn macht dumm." Da sagt mein Mann: „Wenn man sich verbessern kann." Das finde ich dann doch nicht mehr ganz so lustig und nehme mir vor, mir diesen Spruch künftig zu verkneifen. Wir fahren durch den Wald zu unserem Boot zurück und lümmeln dann bis zum Abendessen so vor uns hin. Ja, das heißt Urlaub machen. Heute wollen wir uns was brutzeln. Mein Mann fragt mich, auf was ich Appetit hätte. Nachdem ich nicht mehr aufhöre aufzuzählen, greift er die

Pfanne und legt einfach los. Es gibt Caro einfach. Dabei handelt es sich um Gehacktesstippe, Gurke und Brot. Wir stellen immer wieder fest, dass die einfachen Gerichte am besten schmecken und schnell gemacht sind. Dann folgt ein kuscheliger und gemütlicher Fernsehabend. Gegen halb zwölf fallen wir in unsere Koje. Als ich um neun Uhr morgens die Augen das erste Mal öffne, blinzele ich aus dem Fenster. Es ist alles grau in grau. Ich schließe sie schnell wieder und hoffe darauf, mich einfach nur geirrt zu haben. Sogleich starte ich Versuch zwei und blinzele noch mal. Leider muss ich feststellen, dass es bei der Farbe grau bleibt. Soviel verschiedene Grautöne habe ich noch nie gesehen und bin eigentlich auch nicht scharf darauf. Es ist der letzte Urlaubstag, der muss wohl so sein.

Das Urlaubende ist eh immer gruselig. Mein Gesicht verzieht sich vor Unlust. Mein Mann erkennt das sofort und schaut durch einen kleinen Schlitz in der Persenning nach draußen. Der will mir

doch tatsächlich weismachen, dass er
eine Auflockerung am Himmel gesehen
hat. Jetzt bin ich wieder voller Hoffnung.
Als ich dann durch den besagten Schlitz
schaue, ist keine Spur von Auflockerung
zu erkennen. Im Gegenteil, die Grautöne
verlaufen sogar in Schwarztöne und ich
denke nur, dass ich nicht durch den
Schlitz hätte schauen dürfen. Aber ab
diesem Zeitpunkt hat mein Mann Schuld
an dieser furchtbaren Wetterlage. Wir
fahren in Richtung Heimathafen
und es will einfach nicht heller werden.
So gegen Nachmittag erreichen wir
unser Ziel. Der Hafenmeister nimmt uns
freudig in Empfang. Wir haben uns
mehrere Wochen nicht gesehen und
umarmen uns jetzt herzlich. Seine
Begrüßungsworte sind: „Furchtbar, jetzt
ist die alte Hexe auch wieder da, es war
so schön ruhig hier." Das Wort Hexe
habe ich ja gerade noch verkraftet, aber
das Wort *alte* nagt nun doch an mir. Das
fängt ja wieder gut an. Ich mustere ihn
und sage: „Schick siehst du aus, hast ja
ne tolle Hose an." Er strahlt und sagt:
„Danke, hab mir nur für euch die neue

Hose angezogen." Jetzt kommt meine Revanche und ich sage: „Die Hose ist wirklich toll, wenn die mal modern wird, dann hast du sie schon." Nun können wir uns das Lachen nicht mehr verkneifen. Gut, Schluss mit lustig, wir haben gerade noch Zeit, um gemeinsam eine Tasse Kaffee zu trinken und ein wenig von unserem Erlebnisurlaub zu erzählen. Dann lädt uns der Maestro noch zu einem Teller Gulasch ein, welches er extra für unsere Ankunft vorbereitet hat. Da können wir nun doch nicht widerstehen und hängen noch eine Stunde dran. Er macht das Gulasch warm und kommt dann mit einem riesigen, lecker riechenden Topf an unseren Steg. Wir stellen ein paar Stühle und einen Tisch raus und lassen es uns schmecken. Plötzlich kommt ein kleiner Hund und bettelt an unserem Tisch. Ich will ihm gerade Gulasch geben, da sieht mich der Maestro mit einem strafenden Blick an und sagt: „Sag mal, willst du etwa dem Hund dein Essen geben?" Da entfleuchen mir die Worte: „Das nicht Maestro, nicht geben, nur tauschen."

Nun entgleiten ihm fast die Gesichtszüge und ich stelle voller Genugtuung fest, es ist alles wieder beim Alten. Mit einem hervorragenden Berliner Dialekt sagt er dann: „Ick habe mir so auf euch jefreut und denn kommste mir so." Meine Antwort kommt prompt: „Und wenn du nicht mit Fremdwörtern umgehen kannst, musste eben die Frequenzen tragen." Wir schauen uns an und lachen aus vollem Herzen. Jetzt gefällt mir auch der letzte Urlaubstag, denn wir sind angekommen und teilen den Tag mit unserem Freund. Wir packen unsere Sachen, verabschieden uns von unserem Hafenmeister und unserem geliebten Boot. Eine letzte Streicheleinheit noch für unser tolles Boot und dann fahren wir über Umwege nach Hause. Umwege, das heißt, dass wir auch die Heimfahrt noch als Urlaub betrachten und durch Orte fahren, von denen wir noch nie gehört, geschweige denn etwas gesehen haben. Zum Beispiel heißt ein Ort „Hundeluft". Nun kann man sich auf Grund des Namens natürlich sonst was vorstellen. Aber nein, es ist ein schöner, geruchsfreier Ort. Man soll es nicht glauben, auch eine Würstchenbude läuft uns noch über den Weg und versorgt uns mit Abendbrot. Am späten Abend kommen wir dann zu Hause an. Sachen auspacken und sortieren verschiebe ich alles auf meinen ersten Arbeitstag, denn heute habe ich bis Null Uhr noch Urlaub. Nach einer herrlichen Dusche mit Haare waschen fallen wir dann ins Bett und lassen unseren Urlaub ein letztes Mal Revue passieren.

Mein Prüfungstag Nr. 2

Ich habe die ganze Nacht nicht geschlafen, zumindest kommt es mir so vor. Auch der Wecker braucht seiner Pflicht mal nicht nachkommen. Bei einer großen Tasse Kaffee überlege ich, was ziehe ich heute bloß an? Die Frage verwerfe ich dann doch, denn heute habe ich meine Motorradprüfung, da muss ich mir bequeme Sachen anziehen. Trotzdem möchte ich nett aussehen und versuche

noch etwas aus mir herauszuholen.
Plötzlich läutet es an der Tür. Meine
Frage, wer stört, wird auch sofort von
einer mir bekannten Stimme
beantwortet. Mir schießt das Blut in den
Kopf und mein Magen zieht sich
zusammen. Es ist mein Fahrlehrer und er
ist so nett, mich zur Prüfung abzuholen.
Schweigend und angespannt fahren wir
zum Ausgangspunkt. Wo
ich sonst einen Mund habe, aus dem es
nur so rausprudelt, befindet sich heute
nur ein verzerrter Reißverschluss. Mein
Prüfer ist schon vor Ort. Dann kommt
die Überraschung, es ist der gleiche
Prüfer, bei dem ich das erste Mal
kläglich versagt habe! Dass er sich das
noch einmal antut! Nun gut, das kann
man sich ja nicht aussuchen. Mir
zumindest tut es gut, denn ich weiß jetzt,
wer mir im Nacken sitzt. Los geht`s. Ich
versuche mich zu konzentrieren und
folge der Stimme, die mich lenkt.
Schnell erkenne ich, dass wir direkt zum
Parcours-Gelände fahren. Mein
Fahrlehrer stellt die Kegel auf. Ich zähle
sie durch und siehe da, da steht er

wieder, der letzte unsympatische Kegel. Die erste Aufgabe besteht darin, wieder mit Tempo dreißig durch den Parcours zu fahren. Ich umfahre tatsächlich alle Kegel, bis auf einen, der lässt sich wie immer fallen. Mir schießen die Tränen in die Augen und ich setze zu einem zweiten Versuch an. Jetzt erschrecke ich mich! Wo bleibt das mir so bekannte Geräusch? Ein Blick in den Spiegel verrät mir, was passiert ist. Der letzte Kegel hat es tatsächlich gewagt stehen zu bleiben. Das hat er noch nie getan. Bis jetzt war er erstens ein Kegel zu viel, und zweitens ließ er sich doch immer nur fallen. Natürlich um mich zu ärgern. Woher nimmt er jetzt den Mut und die Kraft, einfach stehen zu bleiben? In mir macht sich langsam das Gefühl breit, dass er mich immer nur testen wollte und jetzt bestrebt ist, mein Freund zu werden. Ich höre plötzlich eine Stimme, die mir sagt: „Bitte kehren Sie um und warten Sie am Auto, die Fahrt geht gleich weiter." Ich kann nichts mehr richtig realisieren und zwinge mich zur Ruhe. Die Stimme sagt: „Bitte fahren Sie los und biegen Sie an der nächsten Ampel links ab." Ich schwebe förmlich über die Straßen, lege mich in die Kurven und achte verdammt genau auf die Verkehrsschilder. Plötzlich ertönt wieder die Stimme und sagt: „Wir fahren nun zum Ausgangspunkt zurück." Am genannten Ort angekommen parke ich wie geübt ein und mache mein Motorrad aus. Nun warte ich auf das, was noch kommen soll. Mein Fahrlehrer und der Prüfer sitzen im Auto. Was machen die da nur so lange? Das dauert ja eine Ewigkeit. Ich bekomme fast eine Krise und höre mich innerlich sagen: „Wollen die da auch noch Kaffee trinken oder was dauert da so lange?" Jetzt steigen sie aus dem Auto und kommen mit einem sehr ernsten Gesicht auf mich zu. Ich bekomme sofort das beklemmende Gefühl, vor Angst in die Hose zu machen. Der Prüfer streckt mir seine Hand entgegen und sagt: „Gratuliere, Sie haben die Prüfung bestanden."

Ich habe das Gefühl zu taumeln. Am liebsten würde ich ihm um den Hals fallen und knutschen. Kann mich aber gerade noch zurückhalten. Dann erschrecke ich meinen Fahrlehrer, indem ich ihm um den Hals falle. Sofort rufe ich meine Freundin an, um ihr die gute Nachricht mitzuteilen. Wir flöten in den höchsten Tönen am Telefon. Dann holt mich ihr Mann ab und fährt mich nach Hause. Ich ziehe sofort meine Motorradkluft an und hole freudestrahlend meinen Roller aus der Garage. Einfach losfahren, toll. Als ich durch unsere Stadt fahre, ist diese menschenleer. Was ist bloß los? Keiner, der mich sieht und sagt "Guck mal, das ist ja Gabi, die kann ja Motorrad fahren". Nun fahre ich schon das dritte Mal die gleiche Straße entlang und was passiert? Nichts. Also noch eine Zugabe. Zwei unbekannte Personen überqueren die Straße und gucken nicht mal! Auch die sind nur mit sich selbst beschäftigt. Mir würde es ja schon reichen, wenn ich jemandem zuwinken könnte. Dann kommt mir die erlösende Idee. Mein Mann hat gleich Pause und bei schönem Wetter verbringt er diese gemeinsam mit seinen Kollegen auf dem Betriebsgelände. Da hätte ich dann das gewünschte Publikum. Mein Mann weiß nicht, dass ich heute meine Prüfung hatte, der wird vielleicht staunen. Gesagt, getan, schon fahre ich zum Betrieb meines Mannes. Ja, ich habe Recht, sie sitzen alle draußen. Langsam fahre ich auf das Gelände, halte vor meinem Mann an und setze den Helm ab. Ich sage: „Da ist sie, deine Motorbiene."

Glücklich strahle ich ihn an. Mein Mann umarmt mich fest und gratuliert mir mit den Worten: „Allzeit gute Fahrt und bitte immer vorsichtig und umsichtig." Ich grinse ihn verschmitzt an. Die Pause ist zu Ende. Stolz wie ein Römer steige ich auf mein Motorrad und fahre dann langsam nach Hause. Zu Hause angekommen stelle ich es in die Garage und verschwinde in meiner Wohnung. Als ich die Küche betrete, trifft mich der Schlag. Auf dem Küchentisch liegt eine hübsche, blaue Schachtel. Sofort öffne ich sie und erblicke eine Kette mit einem wunderschönen Blatt als Anhänger. Woher wusste er bloß, wann ich Prüfung habe? Mein Gehirn rattert und als es bei meiner Freundin hängen bleibt klingelt es wie an einem Flipperautomaten. Ja, so konnte das nur sein. Unter Tränen rufe ich meinen Mann an und bedanke mich bei ihm von ganzem Herzen. Glücklich falle ich abends dann ins Bett. Ich, die Motorbiene. Das muss ich jetzt erst einmal verarbeiten. Fast augenblicklich schlafe ich ein und bekomme leider nicht mehr mit, wie mein Mann spät kommt und mich herzlich drückt. Am frühen Morgen schleiche ich wie immer in die Küche und stelle fest, dass meine Motivation mich mal wieder knapp verpasst hat. Aber ich finde einen kleinen Zettel auf dem Tisch. So schnell war ich noch nie munter, auch meine Motivation lässt nicht länger auf sich warten. Mit großen Worten, damit das auch die dicksten Augen morgens lesen können, steht da geschrieben: " Einladung für meinen Haseputz, meine Motorbiene, zu einer Bildungsreise in die Türkei. Dein Haseputz." Wie zu erwarten läuft mir das Wasser eimerweise aus meinem Kopf und ich

stürze schluchzend in das Schlafzimmer. Laut rufe ich „Danke, danke mein Haseputz!" und umarme ihn fest.
Kläglich klingt es unter mir: „Lass mich bitte Luft holen, denn auch ich möchte doch mit auf die Reise." Meine Freude hätte ihn doch fast erdrückt. Nicht ich, meine Freude wohl bemerkt.

Besuch bei Freunden

Das Telefon klingelt, ich habe gerade daran gedacht, wie schön meine Fahrschule war und der Anrufer jetzt nicht mein Fahrlehrer sein kann. Mit ein wenig Wehmut nehme ich den Hörer ab und frage wie immer: „Wer stört?" Eine Stimme trötet mir ins Ohr: „Gabili, ich lade Euch zu einer Tour auf meinem neuen Boot ein." Ich kann es nicht glauben und frage vorsichtig: „Kalli, mein Freund, bist du das?"
„Wir treffen uns heute Mittag am Beetzsee, okay?"
„Warte Kalli, wie erkennen wir dich denn?"

„Stellt euch auf die Beetseeterrassen und wartet einfach nur ab."
Man, macht der das wieder spannend. Gleich kommt mein Mann und ich kann es kaum erwarten ihm davon zu berichten. Hoffentlich beeilt er sich, ich hab doch was zu erzählen. Wie gebannt starre ich aus dem Fenster. Da, jetzt kommt er endlich. Das wird ja Zeit. Ich platze gleich vor Aufregung. Nun aber schnell, ich steige zu ihm ins Auto und es sprudelt nur so aus mir heraus: „Stell dir vor, Kalli hat sich ein Boot gekauft und erwartet uns 14.00 Uhr an den Beetzseeterrassen."
Mein Mann ganz ruhig: „Ja und weiter?"
„Was und weiter, findest du das nicht aufregend?"
„Ja warum denn, das ist schön, aber nicht aufregend. Warte doch einfach nur mal ab!"
Das gibt es doch nicht, ich platze bald vor Aufregung und er tut so, als wäre nichts passiert. Das Verhalten stimmt mich nicht gerade lustig. Wir sind angekommen und stehen hier wie bestellt und nicht abgeholt. Das fehlt mir

noch! Jetzt lässt der gnädige Herr auch noch auf sich warten. Neben uns legt ein tolles Boot an. Ich werfe einen kurzen Blick darauf und schaue wieder desinteressiert weg. Plötzlich die Stimme von Kalli: „Na, da seid ihr ja! Herzlich willkommen an Bord meines neuen Bootes." Mir fallen bald die Augen raus. Ich höre zum Leidwesen meines Mannes nicht mehr auf zu wundern. Jetzt sagt Kalli: „Bitte zieht die Schuhe aus und kommt endlich herein." Da hat er mich eiskalt erwischt. Ich fühle, wie mir gerade die Gesichtsfarbe entschwindet. Eigentlich ziehe ich immer die Schuhe aus, aber heute ist es sehr heiß und ich habe den Fehler gemacht, geschlossene Schuhe zu tragen. Ich vermute, dass ich Aquaplaning in den Schuhen habe. Verstohlen schaue ich mich um und ziehe die Schuhe aus. Nun kehrt doch ein Lächeln in mein Gesicht zurück, denn die ängstlich erwartete Wolke blieb fort. Wir schauen uns das ganze Boot an und fachsimpeln anschließend bei einer Tasse Kaffee. Dabei fahren wir den

Beetzsee ab. Vor uns fährt ein riesiges Fahrgastschiff. Kaum ist es los gefahren, dreht es auch schon wieder. Das kann ich jetzt noch nicht nachvollziehen. Erst später. Plötzlich sehen wir ein Boot der Wasserschutzpolizei. Der Polizist steht auf dem Bug und winkt uns zu. Das ist aber nett, ich winke erfreut zurück bis ich erkenne, dass er uns nicht *zu* sondern *heran*winkt. Wir fahren rüber und fragen, was passiert sei oder ob sie ein Problem haben.
„Wir nicht, aber Sie!" kommt prompt als Antwort.
Er weist uns darauf hin, dass der Beetzsee zurzeit wegen einer Regatta gesperrt ist und zeigt auf ein großes Schild. Jetzt erkennen auch wir die Tafel und versuchen uns gezielt aus der Klemme zu reden. Ich erzähle ihm, dass das Fahrgastschiff beim Wenden die Tafel versperrt hat und wir diese somit gar nicht sehen konnten. Dabei schaue ich ihn ganz traurig an. Leider hilft das so gar nicht und er spricht die bösen Worte: „Zwanzig Euro bitte!"

Na ja, wenigstens hat er bitte gesagt. Ich gucke meinen Freund Kalli an und gebe ihm grinsend zu verstehen, dass ich nur Besuch bin. Wir versuchen uns gequält nett zu verabschieden und fahren weiter. Sogleich sagt Kalli: „Seht, dort an der Spundwand werden wir anlegen. Da können wir grillen und uns einen netten Abend machen."
Mein Mann weist noch darauf hin, dass dort ein Schild steht:
„Anleger nur für Gefahrguttransport"
Kallis Worte in Gottes Ohr: "Heute kommt sowieso keiner mehr."
Wir legen an und befestigen das Boot. Mein Mann heizt gleich den Grill an und ich werfe einen Salat zusammen. Mein Freund Kalli kümmert sich um die Getränke. Anschließend stellt er einen kleinen Rekorder auf einen Hocker und sagt: „Ich habe uns etwas anspruchsvolle Musik mitgebracht, ich hoffe, es interessiert euch und ihr seid auch ein wenig musikalisch."
Da sagt plötzlich mein Mann: „Also Gabi ist sehr musikalisch! Sie posaunt

öfter mal was heraus oder trommelt die
Leute zusammen."
Ich bin jetzt fast soweit, den Salat für
mich allein zu behalten.
Dann sagt Kalli: „Gabili, es sitzt auf dem
Baum und winkt, was ist das?"
Ich sage dazu lieber nichts und da tönt er
auch schon: „Na ein HuHu."
Wirklich sehr witzig.
Ich schaue auf die Havel und sage:
„Schau mal Kalli, da kommt ein Boot
auf uns zu und macht auch HuHu, was
ist das?"
So dumm hat er lange nicht geguckt,
denn es ist die Wasserschutzpolizei.

Es erklingt eine liebliche Stimme:
„Ihnen ist bekannt, dass hier nur
Berufsschifffahrt mit Gefahrengut
festmachen darf?" Kalli springt auf sein
Boot, stürzt unter Deck und kommt mit
zwei Flaschen Rum wieder. Er hält diese
hoch und fragt: „Zählt das auch als
Gefahrengut?" Dabei grinst er breit,
doch das wird ihm sicher gleich
vergehen. Nun lächelt auch der Polizist
und sagt die drei bösen Worte: „Zwanzig
Euro bitte!" Ja, jetzt ist es tatsächlich der
Polizist, welcher zum Schluss lacht.
Kalli sieht mich betreten an und ich
weise erneut darauf hin, dass ich nur
Besuch bin. Wir müssen den Grill
ausmachen, alles einpacken und den toll
ausgesuchten Ort verlassen. Da
entschließen wir uns, auf dem Beetzsee
zu ankern. Ich spiele wieder Bootsjunge
und
werfe den Anker. Wir stellen fest, dass
wir noch nicht gegessen und getrunken
haben, von anspruchsvoller Musik ganz
zu schweigen, und trotzdem schon einen
teuren Tag verbracht haben. Mein Mann
übernimmt dann den Rest der guten

Taten und schwingt die Pfanne. Somit kommen wir nun doch noch zu einem super Essen. Anschließend widmen wir uns einem edlen Gebräu und der von Kalli aufgenommenen Musik. Selbst der besagte Rum kommt noch zum Einsatz. Da es sich ja hier eindeutig nicht um Gefahrengut handelt, dürfen wir auch einen mehr konsumieren. Es wird wie immer sehr spät, schließlich gibt es viel zu erzählen. Als wir uns am anderen Tag verabschieden, erzähle ich meinem Freund Kalli noch schnell, dass wir uns eine Woche lang nicht sehen werden, denn wir fahren in die Türkei. Stolz sage ich ihm noch, dass dies ein Geschenk meines Mannes ist. Dann umarmt mich Kalli, verzieht dabei das Gesicht und tut so, als würden ihm gleich die Tränen kommen.
Ich sage: „Sei nicht traurig, wir sehen uns doch bald wieder."
„Genau" schießt es aus seinem Mund, „denn ich komme mit!"
Jetzt bin ich echt baff und schaue meinen Mann Hilfe suchend an. Dieser grinst nur und erzählt mir, dass Kalli und er

sich gemeinsam Gedanken gemacht haben. Und somit ist die Fahrt in die Türkei zustande gekommen.
Ich sage: „Okay, ich freu mich, somit fährt Gabili mit ihren beiden Männern in die Türkei."
Kalli sagt dann noch ganz wichtig: „Gabili, das ist eine Bildungsreise. Wir lernen Kulturen, Gedenkstätten und andere Sachen kennen."
Ich frage ihn: „Komme ich dann gebildet oder gebüldet wieder? Denn ich weiß nicht, ob ich soviel **Büldung** vertrage."
Wir müssen lachen und schließen uns noch einmal alle drei in die Arme. Ich bedanke mich für die schöne Tour auf seinem neuen Boot. Grinsend ergänze ich noch: „Hast es dir ja auch richtig was kosten lassen."
Mein Mann und ich lassen das ganze Wochenende noch einmal Revue passieren und stellen fest, dass es herrlich war. Wir sind wirklich sehr dankbar für solche netten Freunde. Umso mehr freuen wir uns auf die gemeinsame Türkei-Tour.

Bildungsreise in die Türkei

Endlich sind wir in Bremen auf dem vorgeschriebenen Parkplatz angekommen. Ein Anruf genügt und schon kommt das Taxi, welches uns jetzt zum Flugplatz fährt. Kurz verabschieden wir uns von unserem Auto, denn es wird jetzt eine Woche hier ohne uns verbringen. Wir steigen in das Taxi und erzählen dem Fahrer, dass wir eine Reise in die Türkei gebucht haben.
Er sagt: „Grüßen sie bitte meine Heimat!" Dann fragt er uns noch in gebrochenem Deutsch:

„Fliegen sie mit **Ryanair**?" Spontan antworte ich: „Wer ist denn **Rainer,** wir fliegen mit Kalli!"
Er schaut uns ganz verdutzt an. Schon hält unser Taxi. Ich blicke nach draußen und sehe, dass wir vor einem riesigen Eingangsportal halten. Über dem Portal steht dann auch in dicker Leuchtschrift " **Ryanair** " und darunter im Eingangsbereich mein Freund Kalli. Mir wird ganz
heiß und ich fühle die Veränderung meiner Gesichtsfarbe. Verlegen krame ich ohne Unterlass und mit starrem Blick in meiner Handtasche, bis ich aus dem Taxi und aus Sichtweite des Fahrers bin. Peinlich! Ich atme langsam wieder auf. Das Kramen in meiner Handtasche hat sich auch gelohnt, es kamen Sachen zum Vorschein, welche ich schon ewig vermisst hab. Wir steuern auf Kalli zu und umarmen ihn herzlich. Sogleich kehrt auch mein loses Mundwerk zurück. Im Flugzeug halten wir unsere Kameras bereit. Ich will unbedingt festhalten, wie wir erstmalig von der Erde abheben. Der Flug vergeht ohne

Turbulenzen und Aufregung. Meine
Vorstellung war eigentlich von Ängsten
geprägt. Jetzt landen wir in Antalya. Im
schönsten Sonnenschein sind wir los
geflogen und hier schüttet es wie aus
Kannen.

Die gesamte Reisegruppe wird mit
einem Bus zum Hotel gefahren. Das
Hotel ist ein Traum. So etwas habe ich
vorher noch nie gesehen. Von unserem
Fenster aus schauen wir direkt auf das
Meer. Einfach unglaublich. Auf meinem
Bett stehen zwei aus Handtüchern
geformte Schwäne, welche zusammen
ein wunderschönes Herz ergeben. Ich
frage meinen Mann, wo wir denn

schlafen würden. Ganz erstaunt zeigt er auf die Betten. Nein, wir können doch nicht die schönen Schwäne kaputt machen. Vorsichtig platzieren wir sie im Sessel. Dann fallen wir selbst in die Betten. Der Tag war anstrengend und wir stehen morgen früh auf. Ein bisschen Ruhe muss jetzt
sein. Wir geben lange nicht so ein schönes Bild ab wie die Schwäne, aber schlafen können wir gut.
Es gibt Frühstück. Das Büffet ist aufgebaut und sieht so lecker aus. Wir suchen uns einen Platz und stürzen dann los, um uns die größten und schönsten Happen zu holen. Ich steuere auf einen kleinen Stand zu, auf dem ganz viele Eier liegen. Ich nehme mir ein Ei und rufe zu Kalli rüber:
„Möchtest du auch ein Ei? Kannst du fangen?" Schnell kommt er angelaufen und nimmt mir das Ei aus der Hand. Ich gucke ihn entrüstet an.
Er sagt: „Gleich kommt der Koch und du kannst dir Rühr- oder Spiegeleier von ihm braten lassen." Ach so? Bin ich froh, dass ich mir das Ei nicht auf den Teller

geschlagen hab. Ein Wurf hätte gereicht, um auf sich aufmerksam zu machen. Wir lassen uns Zeit, denn wir frühstücken immer ausgiebig.
So eben erhalten wir die Information, dass draußen schon der Bus für uns bereit steht. Jetzt drückt die Zeit und schnell verschlingen wir noch den müden Rest vom Teller. Im Bus angekommen, suchen wir uns die besten Plätze und lassen uns fallen. Wie gebannt blicke ich aus dem Fenster und betrachte die wunderschöne Landschaft. Hier kommt man wirklich ins Schwärmen. Wir sind am Mittelmeer angekommen und machen als erstes eine schöne Bootstour. Wir schauen uns in Fels gehauene Grabstätten an. Es ist schon bewundernswert, was die Menschen früher so geleistet haben. Nach unserem Ausflug bummeln wir am Strand entlang und suchen Glücksbringer. Hier stehen viele Holzliegen mit einem Schirmchen daneben, welche zum Relaxen einladen. Plumps lasse ich mich auch schon auf eine Liege fallen und schließe die

Augen. Nach einer Weile vernehme ich Kallis Stimme, er sagt: „Gabili, du kannst ja auch mal stille sein, so richtig deinen Mund halten und herumzappeln tust du ja auch nicht, bist du etwa krank?" Ich zische ihm entgegen: „Auch Gabi hat die Gabe, in Ruhe vor sich hin zu oxidieren." Es tritt absolute Ruhe ein. Ich habe sogar das Gefühl, dass ich meine Haare wachsen höre. Doch plötzlich überkommt es mich. Ich schnelle hoch und schaue mich suchend um. Jetzt hilft mir nur noch eine Toilette. In der Ferne entdecke ich ein Häuschen und starte auf dieses zu. Oh, so ein Glück, es sind die Toiletten! Ich bleibe an der Damentoilette stehen, versuche die Schrift an der Tür zu entziffern und stammele vor mich hin: „Geschlossen – WC defekt-." Und nun?

Aus der Herrentoilette schaut eine ältere Dame, sie erkennt sofort meine Not und ruft: „Bitte, Sie dürfen auch hier auf die Toilette gehen!" Ich riskiere einen Blick in den Toilettenraum. An der rechten

Wand befinden sich Pissuars, an denen sich gerade zwei sich lautstark unterhaltende Männer betätigen. In der Mitte des Raumes steht sie dann, die lang ersehnte Toilette. Sie steht ganz allein, keine Wand die sie umhüllt. So kann man also mit hoch rotem Kopf vor Publikum thronen. Ich denke so für mich, dass ich das nicht kann, selbst wenn ich dafür im Entengang weiter gehen muss. Aber auf die Gemeinschaftstoilette gehe ich definitiv nicht. So bedanke ich mich bei der älteren Dame und gehe mit ganz kleinen Schritten weiter. Man glaubt gar nicht, wie klein doch Wünsche werden können. Und wie sehr diese Kleinigkeiten den Menschen glücklich machen. Nach circa zehn Minuten hat sich mein Zustand normalisiert. Wir trennen uns von der Reisegruppe und fahren mit einem Dollbusch, so nennt sich wohl das Taxi, in die Stadt und bummeln über einen Wochenmarkt. Phantastisch, solch frisches Gemüse und solche riesige Radieschen habe ich lange nicht gesehen. Dann packt uns mein Freund

Kalli am Kragen und schon landen wir beim Barbier. Das ist auch Neuland für mich. Dieser vollbringt meines Erachtens wahre Kunststücke. Mit einer dünnen Schnur an den Zähnen und an beiden Daumen befestigt, zupft er mir die Augenbrauen. Ich kann nicht sagen ob es ein Bunsenbrenner ist, aber mit einer ähnlichen Gerätschaft, aus der eine Flamme kommt, brennt er die Härchen an den Ohren meines Mannes weg. Wirklich erstaunlich! Als wir das Geschäft verlassen, betrachte ich neugierig die Ohren meines Mannes. Ich kann weder Brandblasen noch offene Wunden entdecken, toll. Schon kommt der Nachbar des Friseurs mit Tee und lädt uns zu einem Teller Suppe ein. Mir wird nicht verraten, was ich esse, aber die Suppe ist sehr hell. Als ich den Teller leer habe und mich für die leckere Suppe und die Gastfreundschaft bedanke, erfahre ich beim Verlassen des Gasthauses, was ich gegessen hab. Es war Kuddelsuppe, bestehend aus Innereien. Mir wird mit einem Mal ganz anders. Die Suppe hat zwar geschmeckt, aber irgendwie ist mir jetzt nach einem Schnaps. Somit haben wir gleich einen Grund gefunden und kehren in das nächste Gasthaus ein. Hier lerne ich jetzt die ersten türkischen Worte. Das erste Wort lautet Efes. Es steht für eine Biersorte. Das zweite Wort ist dann Raki, bei welchem es sich um Schnaps handelt. Mit diesen beiden Worten sollten wir super durch den Urlaub kommen. Diese Worte haben auch so ihre Wirkung, denn wir haben wie verrückt getanzt und zwar ohne Musik. Das war ja was. An den folgenden Tagen bekommen wir noch sehr viel zu sehen und das Wetter spielt immer mit. Am letzten Urlaubstag wartet mein Freund Kalli noch einmal mit einer prächtigen Überraschung auf. Er entführt uns in das Hamam. Wir werden dort von jungen, hübschen Mädchen in Empfang genommen, kleiden uns aus und werden von Kopf bis Fuß gewaschen. Die Körperreinigung und Massagen tun uns wirklich gut. Wir fühlen uns wie im siebten Himmel. Das ist so wohltuend!

Den letzten Abend verbringen wir gemeinsam mit unserem Freund Kalli und dem neuen Wortschatz (Efes und Raki) auf unserem Zimmer und lassen wieder einmal unseren Urlaub Revue passieren. Mir fällt dabei ein, als wir durch das Taurusgebirge gefahren sind, starrte mein Freund Kalli aus dem Fenster und sagte ganz verblüfft: „Gabili, du bist ja nicht allein hier." Ich verstand kein Wort. Gebannt starrte ich ebenfalls aus dem Fenster und konnte ein paar Bergziegen erkennen.

Das meinte er jetzt nicht wirklich, oder?
Sehr schön war auch der Ort Pamukkale.
Dort sind Sehenswürdigkeiten, die ich
nie vergessen werde. Wir waren alle sehr
glücklich. Es war für uns, als wären wir
in einer Woche an den schönsten Flecken
der Welt gewesen.
Auch der Rückflug und die Heimfahrt
verlaufen gut. So schön der Urlaub auch
war, jetzt sind wir wieder zu Hause. Das
ist dennoch das Größte und Schönste für
uns, unser Heim.

Schlauchboot in Seenot

Die Sonne lugt mal wieder durch das
Fenster, ich kann es kaum glauben. Das
große Ding dort am Himmel gibt es
wirklich noch. Sofort schießen uns
tausend Ideen durch den Kopf. Seit wir
unser Boot aus dem Wasser geholt haben
und es winterfest gemacht haben, hat uns
die Sonne wie auf
Knopfdruck verlassen. Nun ist sie seit
langer Zeit mal wieder da. Ich sprinte
sofort zum Fenster, um mich zu
überzeugen, dass sie wirklich am

Himmel steht. Glücklich stelle ich fest,
dass sie immer noch dieselbe runde
Form hat, denn auch das hatte man im
Laufe der trüben Tage fast vergessen.
Mein Mann unterbreitet sofort den
besten Vorschlag und fragt: „Wollen wir
an die Saale fahren und unser
Schlauchboot nebst Ersatzmotor
ausprobieren?" Jubel, da bin ich dabei
und schwinge mich sogleich in meine
bequemen Spielsachen. Die
Ersatzkleidung haben wir in aller Eile
zusammengetragen. Es kann ja mal sein,
dass einer von uns ungewollt abtaucht,
hoffentlich trifft es dann nicht gerade
mich. Unser Transporter ist beladen, let's
go. Gut gelaunt singen und erzählen wir
und verkürzen damit unsere Tour. Es ist
wirklich keine Kunst bei diesem schönen
Wetter, man hat das Gefühl, Bäume
ausreißen zu können. Nun suchen wir
uns eine
geeignete Stelle zum Einlass des Bootes.
Ja, die Suche hat sich wirklich gelohnt.
Schnell laden wir unser Boot aus und
schubsen es in das Wasser. Mein Mann
steigt in das Boot und ich gebe ihm

einen kleinen Stoß und stolpere hinterher. Der Motor springt sofort an und wir jubeln laut.
Diese tolle Stimmung hält leider nicht lange an, denn der Motor macht nur noch blub, blub. Jetzt ist er ganz aus, na toll. Vergebens bemüht sich mein Mann. Er bekommt ihn nicht wieder zum Laufen. Aufgrund der starken Strömung der Saale treiben wir in kürzester Zeit an unserer Einlassstelle vorbei. Nun müssen wir handeln. Ja, bei dem Wort *wir* ist mein Mann dieses Mal nicht dabei. Ich krempele mir die Hose hoch und springe ganz mutig ins Wasser. Dabei stockt mir fast der Atem. Das Wasser ist schrecklich kalt. Mein Mann gibt mir ein Seil in die Hand und ich darf dann das Boot samt Inhalt ans Land ziehen. Ich bin ein Held. Dies empfinde leider nur ich so. Wir klappen den Motor hoch und stellen fest, dass sich Grünpflanzen darin verfangen haben. Vorsichtig pult mein Mann die Pflanzenreste aus der Schraube und siehe da, der Motor springt wieder an. Er ruft: „Na los, Runde zwei." Das kann auch wirklich nur jemand sagen, der

trockene Sachen am Leib trägt. Dennoch gebe ich mir einen Ruck und turne zu meinem Mann ins Boot. Hoffentlich hat uns keiner gesehen, ich sah mit Sicherheit wie ein Bewegungsidiot aus und hätte bestimmt nur die Haltungsnote sechs bekommen.
Wir sind so glücklich und drehen noch eine Runde. Bald ziehen wir es aber vor, wieder an Land zu gehen, denn es wird jetzt empfindlich kalt. Ich springe aus dem Boot, ziehe es an Land und laufe schnell zu unserem Transporter, um mich abzutrocknen und umzuziehen. Kaum lasse ich die nasse Hose fallen höre ich Schritte. Ein Mann schaut in den Transporter und sagt grinsend:
„Guten Tag junge Frau." Das Wort *junge* klingt wirklich sehr gut, aber im Großen und Ganzen ist mir die Situation doch sehr peinlich. Ich schnappe mir eine trockene Hose und ziehe sie in Windeseile hoch. Erst unter den Achseln kommt sie zum Stoppen. Ich denke mir:
„Passt, nur unter den Armen kneift sie."
Sofort laufe ich zu meinem Mann und erzähle ihm von meinem

heimlichen Verdacht: „Schatz, ich glaube, dass ich abgenommen habe." Dabei strahle ich ihn an. Mein Mann mustert mich und dreht sich schnell um. Ich beobachte ihn aufmerksam und stelle sofort fest, dass sich seine Ohren nach oben heben. Das ist ein klares Zeichen dafür, dass er mich gerade auslacht. Ich sage mit Betonung: „Sei vorsichtig, du stehst gerade im Schatten meiner geistigen Größe." Jetzt platzt er fast vor Lachen. Ich stelle fest, dass man sich auch in einer Ehe den Respekt hart zu erkämpfen hat. Als ich dann an mir herunterschaue, verstehe ich ihn plötzlich. Die riesige Hose ist wohl kaum ein Ausdruck von Erotik. Schnell ziehe ich mir die Hose wieder aus und stülpe mir eine super eng anliegende Leggins über. Dann springe ich aus dem Auto und versuche figurbetont zu bestechen. So sehr ich mich auch mühe, mich trifft kein Blick. Denn mein Mann hat jetzt schwer zu tun, den Tisch und die Stühle aufzustellen. Dabei sagte er freundlich: „Na komm Schatz, wir

gönnen uns jetzt eine schöne Tasse Kaffee und ein Stück Kuchen."
Toll, wir machen es uns so richtig gemütlich und das in freier Natur. Jetzt, wo alles so schick ist und auch ich wieder Form angenommen habe, kommt keiner mehr vorbei, um guten Tag zu sagen. Vielleicht ist die Situation doch zu banal. Schnell dämmert der Abend heran und wir müssen uns beeilen, um all unsere Sachen noch im Hellen in unser Auto zu bekommen. Im Dunkeln kommen wir zu Hause an. Es war mal wieder ein toller Tag!

Fahren oben ohne

Heute ist eine Tour mit dem Cabrio angesagt, ich freue mich riesig und wir schmieden gemeinsam einen Plan. Prompt wird der eben aufgestellte Plan A durch das Klingeln des
Telefons verworfen. Unser Hafenmeister lädt uns zum Kaffee ein. Nun folgt also Plan B. Es ist zwar sehr nett gemeint, aber es bedeutet für uns eine Fahrt von zwei Stunden. Natürlich kommt

jetzt der Satz, welcher mir schon fast entfallen war: „Ihr könnt doch jar nich ohne mir." Dieser Berliner Dialekt überredet mich doch immer wieder. Also ganz schnell aufgestylt, vor allem meine Haare.

Ich weiß nämlich jetzt schon, dass ich nach dieser Fahrt wieder traumhaft aussehen werde. Wir steigen in unser Auto, ein Knopfdruck genügt und das Dach schiebt sich in den Kofferraum. Dann kramen wir unsere ledernen Fliegerhauben aus dem Handschuhfach und stülpen uns diese auf. Nun noch die Sonnenbrille und ab geht es. Viele Blicke treffen uns. Wir geben bestimmt

ein interessantes Bild ab. Mein Mann sieht echt klasse aus. Ich dagegen tendiere eher nach "Puck die Stubenfliege". Er traut es sich bloß nicht zu sagen. Der Himmel ist leicht bedeckt und ab und zu wagt sich die Sonne raus. Wir werfen eine CD in den Player und schon steigt die Stimmung. Lauthals singen wir die neue deutsche Welle mit und fühlen uns pudelwohl. Die Fahrt ist viel zu
schnell vorbei. Da kann man mal wieder sehen, wie schnell doch die Zeit vergeht, wenn man sich amüsiert. Der Maestro erwartet uns schon. Also raus aus dem Auto und Hauben abnehmen. Plötzlich erschallt lautes Lachen und ich kann es auch sofort einer Person zuordnen. Einer unverschämten Person. Der Maestro, ohne Frage, betrachtet meine Frisur und sagt grinsend: „Deinen Friseur würde ich verklagen, den Prozess gewinnst du mit Sicherheit." Danke dafür, ich hatte nichts anderes erwartet. Dennoch hat er eine kleine Überraschung für uns. Liebevoll hat er den Kaffeetisch gedeckt und empfängt uns mit einer festen

Umarmung. Es ist schön, mal wieder
hier zu sein. Er schenkt uns Kaffee ein.
Es gibt viel zu erzählen. Schließlich ist
viel Zeit vergangen bis zu unserem
Wiedersehen. Obwohl ich die meiste
Zeit am Erzählen bin, entgeht mir nicht,
wie die Beiden sich einen Blick
zuwerfen. Dann verlassen sie ohne ein
Wort den Raum. Unerhört, ich sitze hier
ganz allein und bin eigentlich nur noch
eine Raumverschönerung. Nach
einer viertel Stunde mache ich mir nun
doch so langsam Gedanken. Von Neugier
keine Spur, ich bin wissbegierig. Dann
betreten sie doch tatsächlich noch heute
den Raum. Ich versuche sie jetzt einfach
zu übersehen. Jetzt spricht der
Hafenmeister ganz poetisch: „Da sitzt sie
nun so ganz allein, im Dunkeln leuchtet
nur ihr Heiligenschein."
Darauf antworte ich patzig: „Korrekt, ich
habe einen Heiligenschein, der steht mir
aber nicht." Verstohlen blicke ich zu ihm
rüber und stelle mit Genugtuung seine
Sprachlosigkeit fest. Ich kann es mir
dann doch nicht verkneifen und frage:
„Wo seid ihr denn die ganze Zeit

gewesen? Ich hätte euch bestimmt helfen können." Als Reaktion nur ein breites Grinsen. Nicht mal ein schlechtes Gewissen haben die. Also trinken wir noch unseren Kaffee aus und ich nehme dann meine Handtasche in Augenschein, um damit unmissverständlich auszudrücken, dass wir uns langsam auf die Rückfahrt vorbereiten sollten. Denn auch auf der Rücktour möchte ich gern oben ohne fahren. Der Hafenmeister hat meinen Blick genau gedeutet und spielt jetzt auf meine ein wenig unordentliche, aber prall gefüllte Handtasche an. Bevor er sich noch in Misskredit bringt werfe ich ihm schon entgegen: „Mit meiner Handtasche könnte ich spontan das Land verlassen, wo du erst stundenlang packen musst."
Er erwidert: „Ich habe doch noch gar nichts gesagt." Ja, selbst das kann reichen. Beim Verlassen des Hauses, erzählen wir ihm noch von unserer geplanten Grillparty. Er schaut uns an und seine Lippen formen wieder diesen herrlichen Satz mit dem tollen Berliner Dialekt. Automatisch laden wir ihn zu

unserer Party ein. Der Maestro versteht es einfach, uns weich zu klopfen. Er würde aber wirklich in unserer Runde fehlen. Da kann er wieder lächeln. Wir umarmen und verabschieden uns ganz herzlich. Ein Griff zu den Fliegerhauben und der Sonnenbrille und es geht los. Einfach herrlich. Wir genießen die Fahrt durch die weiche hügelige Landschaft Brandenburgs. Sie tut der Seele und den Augen gut. Wärend der Fahrt lädt mich mein Mann noch zu einem Abendmahl in unsere schöne Gaststätte „Am Nussbaum" ein. Ich freue mich sehr über diesen kleinen Zwischenstopp. Es wird der letzte Besuch in diesem Jahr sein. Wir stellen das Auto ab. Ich öffne glücklich die Gasthaustür und stolpere über die Schwelle, komme ins Laufen und am ersten Tisch erst wieder zum Stehen. Mein Mann schüttelt nur den Kopf und sagt: „Eigentlich solltest du nur normal durch diese Tür gehen und nicht gleich komplett in das Haus fallen." Peinlich, so sehr ich mich auch bemühe, ich werde wohl nie eine stille, feine Frau. Wir erhalten gleich die

Speisekarte. Und wieder müssen wir lachen, als wir das Wort Seezunge lesen. Heute entscheiden wir uns ganz bescheiden für einen Salatteller. Dieser wird uns flott auf den Tisch gezaubert und wir lassen es uns gut gehen. Es ist wie immer sehr schön und das Essen sehr gut. Wir verabschieden uns schweren Herzens für dieses Jahr und müssen hoch und heilig versprechen, wieder zu kommen. Wir springen dann auch gleich in unser Auto, denn wir müssen uns mal wieder sputen, damit wir noch im Hellen nach Hause kommen. Haube auf, der Spaß beginnt. Inzwischen können wir die Sonnenbrille weg lassen. Wir genießen die Fahrt im offenen Wagen. Uns zuliebe werden wir noch mit einem traumhaften Sonnenuntergang in den schönsten Farben belohnt. Zu Hause angekommen ist es dunkel.
Jetzt öffne ich die Wohnungstür und versuche krampfhaft aus meinen Hackenschuhen zu kommen. Es gelingt mir, einen davon abzustreifen. Dann wanke ich auf einem Bein. Mir fällt

sofort das Fremdwort „Balance" ein.
Was ist das nur? Es handelt sich hier um
eine Fähigkeit, welche mir wohl nicht
gegeben ist. Schon verlässt mich der
Gedanke und automatisch nehme ich
eine Schräglage ein und wedele wie wild
mit meinen Armen durch die Luft. Diese
Pirouette endet mit einem riesigen
Ausfallschritt in unserem Flur. Dabei
verliere den zweiten Schuh. Jetzt
versuche ich noch freihändig die Küche
zu erreichen. Mein großer Zeh hilft mir
mal wieder die Möbel zu orten und mir
den Weg zur Küche zu weisen. Jetzt,
nachdem ich mir wehgetan hab und
nur mit größter Not die Küche gefunden
habe, liefert mir mein Gehirn eine
wirklich geniale Idee. Licht anmachen!
Das tut dann nicht so weh. Warum nur
kommt diese Idee mal wieder mit
Verspätung? Mein Mann schaut mich
ganz mitleidig an und kann nur
vermuten, was ich denke. Zum
Abschluss des Tages schreiben wir noch
alle Einladungen für die bevorstehende
Party. Hoffentlich haben wir keinen
vergessen. Mein Fahrlehrer, mein Freund

Kalli und so weiter. Wir gehen noch
einmal die Gästeliste durch und beenden
damit den Abend. Wir freuen uns schon
sehr auf unsere Party.

Saisonende, Abgrillen mit Freunden

Wir haben eine schöne Sause in unserem
Garten zum Abschluss der Bootssaison
und meiner gemeisterten Fahrschule
geplant. Am heutigen Tag binde ich mich
in der Küche fest und halte
die Leine sehr kurz, damit ich den Raum
nicht schon verlasse, bevor ich mit
meinen Vorbereitungen anfange. Ich lege
das Grillfleisch in eine von mir selbst
gezauberte Marinade ein. Auch ein paar
Salate werfe ich zusammen. Das
Endresultat kann sich sehen lassen. Ich
muss mich zwischendurch immer mal
selbst loben, um nicht die Lust zu
verlieren. Schließlich soll mich mein
Mann nicht wieder mit spitzer Zunge
sein *Küchenwunder* nennen.
Nun muss ich noch alles ins Auto packen
und zum Garten fahren. So langsam

gerate ich ein wenig in Stress. Am
Garten angekommen, steht auch schon
der erste Gast vor der Tür.

Es ist der Jäger, von dem ich euch
erzählt habe. Komisch, der ist doch gar
nicht eingeladen. Er will uns einfach mal
so besuchen. Erstaunlich, wie das wieder
klappt, genau zur Party. Als ich ihn so
betrachte, stechen mir zwei große
Löcher in seinem Jägerpullover in die
Augen. Ich frage: „Hast du dich für mich
so schön gemacht, trägt man das jetzt?"

Spontan erwidert er: „Meine Mutter hat gesagt, der kann das tragen." Ich grinse, schaue ihn noch einmal an und denke: "So ein Glückspilz, manche können einfach alles tragen." Zur Strafe, dass er nicht vorher angerufen hat und mich hier so überfällt, zwinge ich ihn zur gemeinsamen Vorbereitung. Das hat auch seinen Vorteil, sollte etwas schief laufen, kann ich alles auf ihn schieben. Tja, das hat er jetzt davon. Nun beauftrage ich ihn noch mit der Begrüßung unserer Gäste. Währenddessen fahre ich noch einmal nach Hause um meinen Mann abzuholen. Kurz überkommt mich der Gedanke, mich eventuell noch einmal umzuziehen. Doch ein Blick in meinen Schrank zeigt nur Berge von nichts anzuziehen. So behalte ich meine Spielsachen an und wir fahren gemeinsam zum Garten. Inzwischen sind die Gäste eingetrudelt. Mein Freund der Jäger hat sie gekonnt in Empfang genommen und sich wirklich gut um sie gekümmert. Jetzt tauschen wir die Rollen und mein Mann und ich übernehmen die Schicht. Die Männer kümmern sich um den Grill und ich mache mit dem Rest der Mannschaft eine Gartenbegehung. Dafür, dass ich keinen grünen Daumen und auch keine Ahnung (davon aber sehr viel) von Garten habe, ist dieser doch recht sehenswert. Vielleicht ist es aber auch die traumhafte Sicht, welche unseren Garten zu etwas Besonderem macht. Ein Blick in das Gewächshaus zeigt noch einige auf Sonne wartende Tomaten. Ich frage: „Könnt ihr euch noch an die Tomatenpracht im Frühjahr erinnern, als wir unsere erste Begehung machten?" Alle sprechen durcheinander und die von mir aufgefassten Wortfetzen zeugen von Bewunderung. Ich habe meinen Freunden natürlich nicht erzählt, dass ich mal wieder viel zu spät war und die Pflanzen schon mit roten Tomaten gekauft hab. Ich brauchte sie nur noch einzupflanzen und damit anschließend auf den Putz zu hauen. Muss ja keiner wissen. Wir kehren zum Bungalow zurück. Der Grill ist bereit und die ersten Würstchen brutzeln schon fröhlich vor sich hin. Ein toller Geruch steigt mir in die Nase und ich bekomme plötzlich Hunger. Meine Spucke wird auch immer mehr, so dass ich aufpassen muss, beim Erzählen nicht zu sabbern. Mein Mann sieht mir das natürlich an, grinst nur und bietet den Gästen die erste Runde an. Fast schon verzweifelt starre ich auf den leeren Grill. Die Zeit wird mit einem Mal unendlich lang. Der Grill muss neu bestückt werden und das Fleisch langsam garen. Ruhig ist es geworden, denn sie haben ja alle zu tun. Vorsichtig schiebe ich mir schon mal ein Stück Brot in den Mund und werfe mir einen riesigen Berg Salat auf den Teller. Ein strafender Blick meines Mannes trifft mich wie der Blitz. Ich entschuldige mich ganz verlegen und gebe einen Teil des Salates zurück in die Schüssel. Dabei sage ich mit piepsiger Stimme: „Das kann passieren, dass gleich vier volle Löffel aus Versehen auf meinen Teller fallen." Endlich bekomme auch ich was zu essen. Es schmeckt sehr gut und wir werden alle satt. Ich räume den Tisch ab und lasse mir Wasser zum Abwaschen ein. Dann rufe ich meine Freundin und frage sie, ob sie mir beim Abwasch helfen könne. Da kommt der Spruch des Tages: „Ich bin Besuch." Kommt mir irgendwie bekannt vor. Und schon verlässt sie die Küche. Zurück bleibt nur die Gabi mit einem dummen Gesichtsausdruck. Naja, ich bin ja schon groß und schaffe das auch ohne Hilfe. Mein Mann hat derweil schon die Gläser und Getränke auf den Tisch gestellt. Ich brauche mich jetzt nur noch um mich kümmern. Das kann ich eh am besten. Jetzt kommen wir zum gemütlichen Teil. Meine Freundin hat eine tolle Idee. Jeder soll seinen größten Misserfolg im Kochen oder Backen berichten. Die Wahl fällt sofort auf meinen Fahrlehrer, er solle doch den Anfang machen. Alle überlegen krampfhaft, nur ich nicht. Ich kann auf beiden Seiten erfolgreich mitreden. Dann teilen wir uns auf. Die Männer berichten über das Kochen und die Frauen über das Backen, los geht's. Es wird gelacht und geflachst, bis ich an der Reihe bin. Bis jetzt hörten sich alle Erzählungen nach noch essbaren

Gerichten an, das ist jetzt mit einem Ruck vorbei. Also ich brauch ja nicht zu erzählen, wie mein Bohnengemüse samt Topf den Weg durch mein Küchenfenster nahm. Zielgerichtet flog er an unserem Gartennachbarn vorbei und parkte im Garten nebenan. Der Nachbar glaubte bestimmt, ein Ufo gesehen zu haben.
Aber nun zum Backen. Die Schwarzwälder Kirschtorte habe ich ja schon erwähnt. Bei meiner Schmand-Torte war der Boden gelungen und das Schmand wurde einfach nicht fest und konnte nur in einem Schüsselchen dazu serviert werden.
Mit dieser Grill-Party beenden wir ja die schöne Sonnensaison und gehen mit großen Schritten auf Weihnachten zu. Also finde ich sofort das richtige Backthema – Plätzchen backen. Eines Tages kam meine Tochter aus der Schule und informierte mich, dass alle Kinder selbst gebackene Plätzchen mitbringen sollen. Ich umarmte sie und sagte: „Komm, wir fangen sofort an und werden viel Spaß haben." Wir rührten

den Teig und naschten ganz viel. Ich konnte ja nicht
ahnen, dass uns nach dem Backen sogar das Naschen vergehen würde. Nun rollten wir den Teig auf einem Blech aus und stachen mit kleinen Backformen schöne Figuren aus dem Teig. Dann schob ich das Blech in den Backofen. Ich war zufrieden und es duftete toll. Nach einer Weile warf ich einen Blick in meinen Backofen und traute meinen Augen kaum. Der Teig wurde immer mehr und die Anzahl der Kekse immer weniger. Ich konnte nur hoffen, dass mein Kind nicht zwischenzeitlich in den Ofen guckt. Dann würde sie buchstäblich in die Röhre schauen. Jetzt überlegte ich mir eine triftige Ausrede. Oh weh, die Backzeit war um und ich schlich ganz vorsichtig zum Backofen. Ich zog das Blech aus dem Ofen und da kam doch prompt
mein Kind. Sie sah, wie ich nur einen, dafür aber riesig großen Keks auf den Tisch rutschen ließ und dann versuchte, ihn in viele Teile zu zerbrechen. Mit großen Augen schaute mich meine

Tochter an und fragte enttäuscht: „Mama, was ist das, du hast mir doch viele schöne Kekse versprochen." Ich erklärte ihr in aller Ruhe, dass es sich hier nicht um die gewöhnlichen Ausstech-Kekse handelt, sondern um Zerbrech-Kekse. Die sehen zwar nicht so schön aus, haben aber den Vorteil, dass man ganz viele daraus machen könne und somit in der Schule auch viele Kekse zum Tauschen hätte. Langsam hellte sich ihr Blick auf. Wir kippten die Einzelteile in eine Weihnachtstüte. Nur so ließ sich das Ergebnis transportieren. Ich war ja so froh, dass wir vorher schon viel genascht hatten. Von außen sah die Tüte wirklich sehr gut aus.
Trotzdem ging sie am nächsten Tag stolz zur Schule. Am Nachmittag wartete ich schon ganz aufgeregt und mit einem mulmigen Gefühl auf mein Kind.

Dann kam sie strahlend nach Hause und berichtete mir ganz stolz, dass sie die Einzige mit Zerbrech-Keksen war und alle wollten mit ihr tauschen. Dann kam doch tatsächlich die Frage:
„Mutti, kannst du für mich noch einmal diese Zerbrechkekse backen?" Ganz schwer konnte ich sie davon überzeugen, dass mir diese Kekse nur einmal im Jahr so gut gelingen. Jetzt versprach ich ihr, im kommenden Jahr wieder diese Kekse zu backen und hoffte sehr, dass sie die Zerbrech-Kekse vergessen würde.
Nach dieser Geschichte wählen mich meine Gäste zum Backwunder und ich ernte auch noch Applaus für die beste Ausrede. Anschließend folgt schöne Musik, welche uns zum Tanzen animiert.

Auch ein paar Witzeinlagen werden gegeben. Die Saison ist noch nicht ganz beendet und schon kommt der erste Witz, welcher ebenfalls in die Weihnachtsrichtung geht:
Treffen sich zwei Gänse. Sagt die eine Gans zu der anderen: „Hallo, spiel mir das Lied vom Tod." Da singt die Andere: „Bald nun ist Weihnachtszeit." Das ist jetzt wirklich nicht lustig.
So gegen 1 Uhr verabschieden wir uns voneinander und fallen uns alle noch einmal in die Arme.
Ich verabschiede meine Gäste mit den Worten: "Es war sehr schön mit euch, danke, ich hoffe wir sehen uns bald wieder."
Auch euch möchte ich mit diesen Worten Danke sagen und hoffe sehr, dass wir wieder voneinander hören.

(Gestatten, mein Freund Veit Wittig persönlich)

Bis bald, sagen mein Mann und ich.

Autor: Gabriele Schnee
Zeichnungen: Veit Wittig

Herstellung und Verlag:
BoD - Books on Demand, Norderstedt
ISBN 978-3-7392-4582-9